AF390395

ESSAI HISTORIQUE

SUR LES

CONTES ORIENTAUX

ET SUR

LES MILLE ET UNE NUITS.

EXTRAIT DU PANTHÉON LITTÉRAIRE.

PARIS,

AUGUSTE DESREZ, ÉDITEUR,

RUE NEUVE-DES-PETITS-CHAMPS, N. 50.

1838.

BATIGNOLLES-MONCEAUX,
IMPRIMERIE DE AUGUSTE DESREZ ET COMPAGNIE,
rue Lemercier, 24.

ESSAI HISTORIQUE

SUR LES CONTES ORIENTAUX

ET SUR LES

MILLE ET UNE NUITS.

§ Ier. — LES CONTEURS DE L'ORIENT.

Plusieurs voyageurs ont signalé la passion des Orientaux pour les contes, passion aussi vive chez eux que celle du théâtre en Europe. Ce dernier moyen de passer agréablement des heures de loisir est étranger aux nations musulmanes, qui ne connaissent d'autre spectacle que des danses et des espèces de pantomimes en général très-lascives, interdites en conséquence par la loi aux dévots croyans et qui ne peuvent nullement être comparées à nos représentations dramatiques. Les comédiens sont remplacés pour les musulmans par les conteurs [1], et on a remarqué que c'est peut-être pour cette raison qu'il ne s'est pas formé de théâtre chez les sectateurs de Mahomet. Ces conteurs de profession sont très-répandus dans les contrées de l'Asie où l'on professe l'islamisme, et ils

[1] « A la cour de Perse, dit le général Malcolm, il y a toujours un personnage qui porte le nom de conteur d'histoires du roi. Les fonctions de cette place exigent un homme qui ne manque pas de talent.

» Les Persans, quoiqu'ils aiment avec passion les représentations publiques, n'ont rien qui mérite le nom de scènes théâtrales. Ils sont tout à fait étrangers à la conduite d'un drame régulier ; mais la forme de leurs histoires est souvent très-dramatique, et ceux qui font métier de les raconter montrent quelquefois une habileté si singulière et des talens si variés, leurs traits sont si mobiles et leur voix si flexible qu'on a peine à croire que ce soit la même personne qui, dans un moment, avec sa voix naturelle, raconte tout simplement une histoire, et qui l'instant d'après menace avec autorité, pardonne avec douceur, ou supplie avec l'accent enchanteur d'une femme tendrement émue.

» L'art de conter des histoires est en Perse une voie qui conduit à la fortune et à la réputation. Beaucoup s'y essaient et peu y réussissent ; il y faut du talent et de l'étude. On ne parvient dans cette partie à quelque distinction qu'avec un goût exercé et une grande mémoire.

» Derviche Sefir de Schiraz, ajoute sir John Malcolm, est un des meilleurs conteurs d'histoires et des meilleurs récitateurs de vers que j'aie connus en Perse. En 1800, il était sur le point de commencer une histoire ; deux Anglais se levèrent pour sortir. Voyant qu'il avait l'air d'en être fâché, je lui fis observer que la raison pour laquelle ils se proposaient de s'éloigner était l'impossibilité où ils étaient de jouir de son récit, parce qu'ils ne savaient pas la langue dans laquelle il allait s'énoncer, « Je deforment même dans les grandes villes une corporation ayant un chef particulier décoré du titre de *Scheikh-Elmeddah*, maître des conteurs de café [1]. Semblables à nos chanteurs ambulans, quoique d'un ordre plus relevé peut-être, en tout lieu et à toute heure ils sont prêts à exercer leur industrie, et un nombreux auditoire, se formant autour d'eux, prête une oreille attentive à leurs récits.

« Qu'on s'embarque sur le Tigre ou sur le Nil, dit M. de Hammer, qu'on parcoure les déserts de l'Irak ou les magnifiques plaines de la Syrie, qu'on visite

mande qu'ils restent, s'écria-t-il, et vous verrez que mon talent me fera comprendre d'eux, quoiqu'ils n'entendent point le persan. » Ces messieurs restèrent, et les différentes expressions de la figure du conteur, ainsi que les divers tons qu'il sut prendre, produisirent l'effet qu'il en attendait. Ces messieurs furent enchantés de la partie joviale de sa narration et touchés de la partie pathétique. » (*Histoire de la Perse*, t. IV, p. 347 de la traduction française.)

[1] « L'art de conter des histoires est une profession au Caire. Comme il n'existait aucun journal politique ou littéraire, chaque café avait son conteur d'histoires, désigné par les noms de *Hikaouaty*, de *Hadyth* et de *Raouy*. Cependant cette dernière dénomination est plus particulièrement donnée aux improvisateurs qui déclament des vers. Quelquefois les histoires qui sont ainsi contées dans les cafés ne sont autre chose que quelques-unes de celles qui composent le vaste recueil des *Mille et une Nuits* ; quelquefois aussi ce sont des pièces d'éloquence, mêlées de prose et de vers, et je crois que les divers ouvrages qui nous sont connus sous le titre de *Mékamat* n'ont pas d'autre origine. » (*Contes du Scheikh Elmohdy*, traduits par M. Marcel, t. III, p. 175, *note*.)

les vallées du Hadjaz ou les solitudes délicieuses du Yémen, partout on trouve des conteurs dont les récits font le plus grand charme des habitans de ces contrées ; on les rencontre sous la tente du bédouin et dans la cabane du fellah, dans les cafés des simples villages comme dans les cafés de Bagdad, d'Alep, de Damas et du Caire. Lorsque la chaleur excessive du midi force à faire une halte pendant le voyage et à suspendre le travail, les voyageurs de la caravane et les marchands du bazar se rassemblent sous un arbre ou dans un café, pour prêter une oreille attentive aux récits d'un conteur qui, après avoir su exciter pendant plusieurs heures l'étonnement et la curiosité de ses auditeurs, s'interrompt tout à coup à l'endroit le plus intéressant pour en reprendre la suite quand la fraîcheur du soir est arrivée ; mais il ne la termine pas encore alors ; il en ajourne la conclusion au lendemain où il commence en même temps un nouveau récit [1]. » Cette ruse des conteurs, pour s'assurer pendant plusieurs jours un auditoire, rappelle, comme on l'a déjà fait remarquer, l'adresse avec laquelle la courageuse et spirituelle Scheherazade soutient pendant mille et une nuits l'attention du redoutable sultan son époux, et parvient ainsi à prolonger son existence et même à obtenir sa grâce.

[1] *Contes inédits des Mille et une Nuits, extraits de l'original arabe par* M. de Hammer *et traduits en français par* M. Trébutien. Paris, 1826, in-8°, t. Ier, p. xv de la préface de M. de Hammer.

Le talent de bien conter n'est pas rare parmi les Arabes et il n'est pas seulement l'apanage des hommes qui en font profession. Lorsque la fraîcheur du soir commence à se faire sentir, les Bédouins se groupent autour de l'un d'eux à qui ils connaissent le talent de narrer avec art, et ils prêtent une attention soutenue à ses récits.

« C'est un spectacle curieux d'observer les impressions que ces histoires produisent sur les âmes orageuses et ardentes des Arabes, race qui, comme l'a dit leur prophète, se plaît à écouter, à regarder et à agir. Mais ce n'est pas seulement dans les villes qu'il faut les voir, quand, inclinés nonchalamment sur les coussins et les sofas d'un café, ils hument le mocka ou les vapeurs du narguillé, et se résignent aux impressions qu'un conteur habile provoque en phrases savamment cadencées et rehaussées de temps en temps par le luxe des vers : le désert offre une scène plus animée et plus attachante lorsque les Bédouins se pressent en cercles étroits autour du conteur, tandis que le soleil descend derrière les collines de sable et que le sol altéré aspire la rosée du soir. Ce n'est pas moins avidement qu'ils dévorent ces fables qu'ils entendent peut-être pour la centième fois, mais qui, grâce à leur imagination mobile et à l'art de celui qui les raconte, agissent sur eux avec toute la force de la nouveauté.

» Il faut avoir vu ces enfans du désert, s'écrie un voyageur, quand ils écoutent un de leurs contes favoris : comme ils s'agitent, comme ils se calment, comme leur œil étincelle sur leur visage basané ! Comme la colère succède à des sentimens tendres, et des rires bruyans à leurs pleurs ! Comme ils perdent et recouvrent tour à tour la respiration, comme ils partagent toutes les émotions du héros et s'associent à ses joies et à ses peines ! C'est un véritable drame, mais dont les spectateurs sont aussi les acteurs. Les poëtes de l'Europe, avec tous les moyens dont ils disposent, le prestige des beaux vers, le charme de la musique, la magie des décors, ne produisent pas sur les âmes engourdies des Occidentaux la centième partie des impressions que produit ce conteur à demi sauvage.

« Le héros de l'histoire est-il menacé d'un danger imminent, les auditeurs frémissent et s'écrient : « *La, la, la, istaghfer Allah!* Non, non, non, Dieu l'en préserve ! » Est-il au sein de la mêlée, combattant avec son glaive les troupes de son ennemi ? ils saisissent leurs sabres comme s'ils voulaient voler à son secours. Est-il enveloppé dans les piéges de la trahison ? leur front se contracte péniblement et ils s'écrient : « Malédiction aux traîtres ! » A-t-il succombé sous le nombre de ses adversaires ? un profond soupir s'échappe de leur poitrine, suivi des bénédictions ordinaires pour les morts : *Que Dieu le reçoive dans sa miséricorde, qu'il repose en paix !* Que si, au contraire, il revient triomphant et vainqueur, l'air retentit de ces bruyantes acclamations « : Gloire au Dieu des armées ! »

« Les descriptions des beautés de la nature, et surtout celles du printemps, sont accueillies avec des cris répétés de *taib! taib!* bien! bien! Mais rien ne peut égaler le plaisir qui brille dans leurs regards, lorsque le conteur fait avec développement et *con amore* le portrait d'une belle femme. Ils l'écoutent en silence et la respiration suspendue, et quand il termine sa description en disant « : *Gloire à Dieu qui a créé la femme!* » ils répètent tous en chœur, avec un accent pénétré, cette expression d'admiration et de reconnaissance : *Gloire à Dieu qui a créé la femme!* [1] »

Si les récits héroïques et chevaleresques, comme ceux du roman *d'Antar* [2], par exemple, font naître

---

[1] *Revue Britannique,* août 1828, p. 325 et suiv.

[2] « Le roman historique en prose mêlée de vers, intitulé *Aventures d'Antar,* jouit en Orient, et particulièrement en Syrie, d'une célébrité égale à celle des *Mille et une Nuits,* ces contes ingénieux devenus presque populaires en Europe. Mais les *Aventures d'Antar* prennent rang dans un ordre de littérature plus élevé. On y trouve une peinture fidèle de la vie de ces Arabes du désert, dont les mœurs semblent n'avoir reçu du laps des temps presque aucune altération. Leur hospitalité, leurs vengeances, leurs amours, leur libéralité, leur ardeur pour le pillage, leur goût naturel pour la poésie, tout y est décrit avec vérité. Des récits en quelque sorte homériques des anciennes guerres des Arabes, des principaux faits de leur histoire avant Mahomet, et des actions de leurs antiques héros; un style élégant et varié, s'élevant quelquefois jusqu'au sublime; des caractères tracés avec force et soutenus avec art, rendent cet ouvrage éminemment remarquable. C'est pour ainsi dire

chez les Arabes les vives émotions que vient de décrire l'auteur anglais dont j'ai reproduit les expressions, les histoires merveilleuses doivent leur causer des impressions d'une autre nature, mais non moins profondes. Il est facile de comprendre l'attrait que des contes de ce genre peuvent offrir à l'imagination vive et à l'esprit crédule des Orientaux. Dans l'Occident, où les sciences occultes n'ont plus depuis longtemps de sectateurs, la lecture des contes merveilleux n'est plus qu'un simple délassement de l'esprit. Mais quelle impression profonde doivent-ils produire sur des hommes encore livrés aux préjugés et aux croyances superstitieuses, chez lesquels les mystères de la cábale, de la magie et de la transmutation des métaux n'ont trouvé jusqu'à présent que peu d'incrédules, qui croient que sous les ruines des cités antiques, des temples et des palais renversés, au fond des puits et

l'Iliade des Arabes. » (*Notice et extrait du Roman d'Antar*, par M. Caussin de Perceval fils ; *Journal asiatique* d'août 1833, p. 98.) Le savant orientaliste, à qui j'ai emprunté cette citation, a inséré dans la même collection une excellente traduction d'un épisode fort remarquable du *Roman d'Antar*, intitulé la *Mort de Zohaïr* (*Journal asiatique* d'octobre 1834, p. 317.) Un autre orientaliste, M. Cardin de Cardonne, a aussi traduit plusieurs épisodes curieux du même roman. (Voyez le même *Journal*, mars 1834, p. 256, juillet 1837, p. 49, et décembre 1837, p. 566.) M. Terrick Hamilton a commencé une traduction anglaise du *Roman d'Antar*, dont les quatre premiers volumes ont paru en 1820, et dont M. Delecluze a donné l'analyse dans la *Revue Française*. M. de Hammer a traduit en français tout le *Roman d'Antar*, mais ce travail n'a pas été publié.

des citernes, ou sous le lit des fleuves et des rivières sont cachés d'inestimables trésors, semblables à ceux qui sont décrits dans le conte d'Aladdin ou dans celui d'Aboulcassem, et que ces richesses gardées par de puissans talismans ne peuvent être découvertes que par des hommes profondément versés dans la magie [1]. En Europe, pendant le moyen âge, les hommes de toutes les classes n'étaient guère plus éclairés ni moins disposés à ajouter foi aux prodiges et aux événemens surnaturels. Les récits merveilleux des premiers voyageurs en Asie, du Vénitien Marco Polo et de l'Anglais Mandeville, par exemple, en sont la preuve ; et il est permis de croire qu'en rapportant les fables dont leurs relations sont semées, ces deux voyageurs n'ont pas eu l'intention de tromper leurs lecteurs, mais qu'abusés eux-mêmes par leur passion pour les prodiges, ils ont raconté de bonne foi tout ce qu'ils ont entendu dire. Nombre de faits analogues à ceux qu'a rapportés Mandeville, qui parcourait l'Asie au quatorzième siècle, se rencontrent soit dans les géographes arabes, soit dans les contes orientaux ; et son témoignage ne doit, ce me semble, prouver qu'une chose, c'est qu'à l'époque où voyageait l'aventurier anglais, les prodiges semés dans les récits romanesques faisaient partie des croyances populaires en Orient.

[1] *Monumens-arabes, persans et turcs,* décrits par M. Reinaud, t. II, p. 333.

§ II.—HISTOIRE DES MILLE ET UNE NUITS.

Le plus remarquable et peut-être le plus ancien des recueils de contes orientaux est celui des *Mille et une Nuits*, que la traduction de Galland a popularisé parmi nous. Le succès extraordinaire obtenu à son apparition par ce livre, dont l'austère Montesquieu trouvait la lecture si attrayante et que Laharpe relisait tous les ans, loin de s'affaiblir, a plutôt été en augmentant et doit se maintenir aujourd'hui, mieux que jamais, maintenant que des relations de voyageurs dignes de foi et le témoignage des savans qui ont fait de l'Orient l'objet spécial de leurs études [1] ont prouvé que les *Mille et une Nuits* offrent un tableau exact des habitudes, de l'esprit et du caractère des nations orientales.

Ces contes n'ont donc pas le seul mérite d'offrir aux oisifs la plus agréable des lectures frivoles, ils se recommandent encore à l'attention de celui qui recherche les lectures instructives par une peinture fidèle des mœurs arabes, sans compter que des questions curieuses, relatives à l'histoire littéraire, se rattachent aux contes orientaux.

On a déjà signalé le rapport de quelques-uns de ces contes avec des nouvelles écrites en langues eu-

---

[1] « Cet ouvrage, dit M. Reinaud, non moins admirable par l'exactitude des détails que par le génie de l'invention, est le tableau le plus véridique des croyances de l'Orient. » (*Monumens arabes, persans et turcs*, t. Ier, p. 65.)

ropéennes, et cette observation est susceptible d'un
plus grand développement; mais avant de parler des
imitations, il est à propos d'entrer dans quelques détails sur l'original, et de rechercher à éclaircir autant que possible l'histoire du recueil que la version
de l'orientaliste français a rendu si célèbre.

Galland ne connaissait pas les *Mille et une Nuits*,
lorsque s'étant procuré un manuscrit des *Voyages
de Sindbad le marin*, il en fit une traduction qu'il
offrit à madame la marquise d'O, fille de M. de Guil-
leragues, ambassadeur de France auprès de la Porte-
Ottomane, et qui avait protégé l'orientaliste pendant
son troisième séjour dans le Levant. Il se disposait à
faire imprimer sa traduction lorsqu'il apprit que les
Voyages de Sindbad faisaient partie d'un recueil de
contes très-volumineux, intitulé les *Mille et une
Nuits*. Il s'employa aussitôt à faire venir cet ouvrage,
et ayant réussi à s'en procurer quatre volumes, qui
lui furent envoyés de Syrie, il en commença la traduction dont les premiers volumes parurent en 1704.
Dans sa dédicace à madame la marquise d'O, placée
en tête du premier volume, Galland déclarait qu'il ne
savait rien sur l'auteur du livre arabe, et dans sa préface il ne formait aucune conjecture sur l'époque à
laquelle les *Mille et une Nuits* ont pu être composées; mais, plus tard, dans une note du quatrième volume[1], il releva une indication donnée dans le conte

---

[1] Paris, 1704, p. 314, CLXIe Nuit.

du Barbier [1] et en conclut que la rédaction actuelle des *Mille et une Nuits* pouvait dater du milieu du treizième siècle.

Cependant M. Caussin de Perceval, professeur de littérature arabe, ayant eu occasion, en publiant une continuation des *Mille et une Nuits*, de rechercher l'époque de la rédaction de ce recueil [2], n'eut point égard à l'hypothèse de Galland, et s'appuyant d'une note jointe au troisième volume du manuscrit du texte original ayant appartenu à l'élégant traducteur des contes arabes, il établit que l'auteur de ces contes vivait encore en 1548, d'où il résultait que ce recueil ne remonte pas beaucoup au delà de cette époque. Mais M. le baron Silvestre de Sacy a reconnu depuis, que, dans la note signalée par M. Caussin de Perceval, les vœux exprimés par le copiste ne le sont point en faveur de l'auteur, mais bien du propriétaire du manuscrit.

M. Caussin de Perceval ne s'était d'ailleurs nullement occupé de rechercher si les *Mille et une Nuits* appartenaient en propre à la littérature arabe ou si ce recueil avait été emprunté à un autre peuple. Rien ne pouvait alors lui faire soupçonner que plusieurs des ingénieuses fictions de ce livre avaient été empruntées par les Arabes aux Persans et par les Persans aux Indiens. Cette question neuve et curieuse a

[1] Voyez l'*Histoire racontée par le tailleur*, CLXI⁰ Nuit.
[2] Voyez la préface du VIII⁰ vol. de l'édition des *Mille et une Nuits*, publiée en 1806 ; 9 vol. in-18.

été l'objet des études de plusieurs savans. Langlès [1],
et surtout M. de Hammer [2], ont cherché à établir
l'origine persane et indienne des *Mille et une Nuits*,
et l'illustre M. Silvestre de Sacy [3] a revendiqué le
livre en faveur des Arabes. M. Guillaume de Schlegel s'est aussi occupé de la même question, et le travail qu'il prépare sur ce sujet n'a pas encore vu le
jour; mais il a consigné un précis de son opinion dans
une lettre à M. de Sacy, insérée dans le *Journal
asiatique* [4] de Paris, et il s'y prononce formelle-
mnet pour l'origine indienne d'une partie du recueil
des *Mille et une Nuits*.

Le renseignement le plus ancien que l'on possède
sur ce livre est fourni par la chronique intitulée *Mo-*

[1] Préface de la traduction française des *Voyages de Sindbad
le marin*, Paris, 1814, in-18. — M. Édouard Gaultier, dans la
préface de son édition de *Mille et une Nuits* (Paris, 1822, 7 v.
in-8°), a reproduit l'opinion de M. Langlès en la développant,
mais sans l'appuyer d'aucune preuve importante, comme l'a
prouvé M. de Sacy. (*Mémoires de l'Académie des Inscriptions*,
t. X, p. 33 et suiv., nouvelle série.)

[2] M. de Hammer a exposé son opinion dans la préface de ses
Contes inédits des Mille et une Nuits, traduits en français par
M. Trébutien, dans le t. XXIII (année 1826) du journal qui
se publie à Vienne, sous le titre de *Jahrbücher der Literatur*,
et dans le *Journal Asiatique* de 1827, p. 253. M. de Sacy a donné
dans son Mémoire un extrait étendu de cet article.

[3] *Mémoire sur l'origine du recueil de contes*, intitulé *les
Mille et une Nuits* (*Mémoires de l'Institut royal de France*,
Académie des Inscriptions, t. X, p. 30 et suiv.)

[4] IIIe série, juin 1836, p. 575.

rouge-Alzeheb (les prairies d'or), qui a pour auteur Massoudi, historien arabe d'une autorité fort respectable et qui vivait au dixième siècle de notre ère. Massoudi, s'occupant des traditions fabuleuses relatives à un ancien édifice dont il est question dans l'Alcoran sous le nom d'*Irem-Dhatoulimad*, s'exprime ainsi [1] :

« Beaucoup de personnes, parmi les gens qui connaissent leur histoire, ont dit que ces choses-là sont des histoires controuvées, ornées et forgées à plaisir ; qu'elles ont été composées par des hommes qui ont cherché à se faire bien venir des rois en les racontant et ont dupé leurs contemporains en les récitant par cœur et en faisant l'objet de leurs conversations ; qu'il en est de ces histoires comme des livres qui nous ont été apportés et qu'on nous a traduits des langues persane, indienne et grecque, livres qui ont été (primitivement) composés de la manière que nous venons de dire, tels, par exemple, que le livre intitulé *Hézar-Afsaneh*, ce qui, traduit du persan en arabe, signifie *mille khirafeh* (ou *contes*) ; car ce qu'on appelle *khirafeh* en arabe, se dit en persan *Afsaneh*, et c'est le livre qu'on nomme communément les *Mille Nuits*, et qui contient l'histoire du roi et du visir, de la fille du visir, et de la nourrrice de celle-ci, femmes dont les noms sont *Schirazad* et *Dinazad* ; tels encore que le livre de *Taklid et Schimas* et les aventures qu'il contient

---

[1] J'emprunte la traduction que M. de Sacy a donnée de ce passage (*Mémoire sur les Mille et une Nuits*, p. 64).

du roi de l'Inde et des visirs, tels enfin que le livre de *Sindbad* [1] et autres livres de la même catégorie. »

Ce passage est d'une grande importance dans l'histoire des *Mille et une Nuits*, car le peu de mots dont se compose l'article de Massoudi suffisent pour démontrer que de son temps, c'est-à-dire au dixième siècle de notre ère, il existait en arabe un livre intitulé les *Mille Nuits*, traduit ou imité d'un recueil persan intitulé les *Mille Contes*, et absolument semblable pour le cadre à celui dont nous recherchons l'origine, autant qu'il est possible d'en juger par les noms des personnages cités par le chroniqueur arabe. En effet, que, dans l'ancien recueil, Dinarzade fût la nourrice et non la sœur de la sultane, c'est une différence fort peu importante. L'ouvrage persan, en passant dans la langue arabe, avait subi, selon toute apparence, plus d'une autre modification.

L'existence de l'ancien livre persan intitulé les *Mille contes*, et dont parle Massoudi, est d'ailleurs confirmée par un autre témoignage. Dans une préface du poëme persan intitulé *Schah-Nameh* (livre des Rois), traduite par M. de Wallenbourg et publiée en 1810, le livre des *Mille Contes (Hézar-Afsaneh)* est mentionné comme l'ouvrage du poëte Rasti, qui vivait à la cour du prince Gaznevide Mahmoud, fils de Sebectegin, prince qui régna de 997 à 1030 de notre ère; et cela semble d'abord en contradiction avec le

____

[1] Il est très-probable que Massoudi veut parler ici du *Livre de Sendabad* et non des *Voyages de Sindbad le marin.*

passage emprunté à Massoudi, puisque le poëte vivait
au moins cinquante ans après le chroniqueur[1]. Mais
M. de Hammer, dans la préface de ses *Contes inédits
des Mille et une Nuits*, remarque que cette contradiction peut s'expliquer en supposant que Rasti avait
simplement mis en vers un roman plus ancien[2], et
cette solution de la difficulté, que M. Habicht a adop-
tée, me paraît d'autant plus probable que Mahmoud
le Gaznevide faisait rechercher avec soin tout ce qu'on
pouvait recueillir des productions de l'ancienne littérature persane pour les faire traduire en vers, et
que la traduction des *Fables de Bidpaï*, dont l'émir
Samanide Nasr chargea le poëte Roudeghi, offre un
autre exemple d'un livre en prose traduit en vers
par l'ordre d'un prince persan. D'ailleurs, comme
dans l'Orient traduire n'est très-souvent qu'imiter en
se donnant toutes les libertés possibles, le rédacteur
d'une version en vers du livre des *Mille Contes (Hézar-Afsaneh)* avait tous les droits à être désigné
comme l'auteur de l'ouvrage. M. de Sacy, qui est peu
disposé à adopter l'hypothèse de M. de Hammer,
considère tout ce qui a rapport aux *Mille et une
Nuits* dans le passage de Massoudi, comme une inter-
polation moderne[3]. Mais, malgré mon respect

[1] Silvestre de Sacy (*Mémoire sur les Mille et une Nuits*, p. 48
et 49).

[2] Préface de M. de Hammer, p. xxi.

[3] *Mémoire sur les Mille et une Nuits*, p. 48.

pour l'imposante autorité de l'illustre orientaliste, il m'est impossible d'adopter cette opinion, et je crois au contraire que le passage de Massoudi ainsi que celui de la préface du *Schah-Nameh* se fortifient mutuellement et qu'il existait autrefois en persan un livre intitulé les *Mille Contes (Hézar-Afsaneh)*, traduit en vers sous le même titre, et que ces deux rédactions sont aujourd'hui perdues.

Il se présente d'ailleurs, en faveur de l'existence du recueil persan, des preuves d'une autre nature, et que M. de Sacy n'avait pas à sa disposition lorsqu'il composa en 1833 son Mémoire sur les *Mille et une Nuits* : c'est que ces derniers contes offrent dans plusieurs endroits des traces d'origine indienne, ainsi qu'on le verra plus loin, ce qui s'explique assez facilement en admettant l'existence d'un ouvrage persan intermédiaire.

On ignore du reste complètement à quelle époque le livre des *Mille Contes* commença à faire partie du domaine de la littérature persane, soit que ce fût un ouvrage original, soit, comme je viens de le dire, qu'il eût été au moins partiellement emprunté aux Indiens. Était-ce un livre écrit en *Pehlevi*, c'est-à-dire dans l'ancienne langue de la Perse, avant la conquête de ce royaume par les Arabes, et traduit plus tard en langue moderne ; il est permis de le supposer. Les Persans, à l'époque de l'invasion musulmane, avaient une littérature nationale, et l'on sait à n'en pas douter qu'un autre recueil de contes et d'apologues, celui de

Bidpaï, dont l'origine indienne est historique, en faisait partie. Ainsi, le livre des *Mille Contes* (*Hézar-Afsaneh*) mentionné par Massoudi était peut-être la traduction d'un livre pehlevi.

Le recueil actuel des *Mille et une Nuits* diffère, sans aucun doute, beaucoup du livre persan des *Mille Contes*, ou pour mieux dire de la version arabe intermédiaire qui a servi de modèle à l'auteur de la rédaction plus récente que nous possédons. Quelle était l'étendue de cet ancien livre des Arabes des *Mille Nuits* mentionné par Massoudi ; on l'ignore complètement. Remarquons simplement que, suivant toute apparence, ce nombre de mille nuits ne doit pas être regardé comme limitatif. La même proposition a été avancée par M. de Hammer pour le titre de *Mille et une Nuits* ; mais M. de Sacy [1] considère cette assertion comme fort contestable. Du reste, cette discussion se réduit par le fait à une question de grammaire, M. de Sacy admettant comme probable, ce qui revient à peu près au même pour le fond, que l'écrivain arabe qui avait entrepris de remanier et de refondre le livre intitulé *Les Mille Nuits*, et qui avait adopté le nouveau titre de *Mille et une Nuits*, était sans doute dans l'intention de porter le nombre des nuits à mille et une, mais qu'il n'a pas achevé son ouvrage [2]. C'est

[1] *Mémoire sur les Mille et une Nuits*, p. 51 et 52.

[2] M. Silvestre de Sacy trouve avec raison une preuve de la vraisemblance de cette hypothèse dans la différence des dénoû-

aussi l'opinion du savant orientaliste Jonathan Scott [1], et cette hypothèse est d'autant plus probable que l'on n'est parvenu à élever le nombre des nuits à mille et une, comme il est dit dans le titre, qu'en accumulant dans les manuscrits des anecdotes insignifiantes et des contes ennuyeux qui ne valaient guère la peine qu'on a prise de les traduire.

M. de Sacy, frappé de l'observation que dans les *Mille et une Nuits* presque tous les traits caractéristiques se rapportent à l'islamisme, qu'il y est sans cesse question de l'Alcoran et de Salomon, fils de David, que le calife Haroun Alraschid y est continuellement mis en scène, a cru pouvoir, d'après cette observation, mettre en doute l'ancienne origine persane du livre énoncée par le chroniqueur Massoudi [2]. Cette objection en apparence très-forte n'a pas cependant l'importance qu'elle semble avoir au premier coup d'œil. On sait que les écrivains mulsumans, lorsqu'ils traduisent un livre appartenant à une littérature étrangère, ne se font aucun scrupule d'en altérer complètement la couleur. Ainsi, pour citer des exemples qu'il est impossible de révoquer en doute, l'auteur d'une traduction persane du livre sanscrit intitulé *Hitopadésa* a

mens des *Mille et une Nuits* offerts par les différens manuscrits du recueil arabe. (*Mémoires de l'Académie des Inscriptions*, nouvelle série, t. X, p. 52.)

[1] *Oriental collections*, 1798, in-4°, vol. II, p. 26.

[2] *Mémoire sur les Mille et une Nuits*, p. 55-61.

supprimé presque constamment ce qui, dans l'original,
a trait aux dogmes, aux rites religieux et à la philoso-
phie des Indiens, et il y a substitué des idées et des expressions prises du mahométisme [1]. La version persane d'un autre livre sanscrit ayant pour titre : *Contes
d'un Perroquet (Thouthi-Nameh)*, donne lieu à la
même observation [2]; et notez que dans ces deux cas
les écrivains mulmusans ont voulu se borner au rôle
de traducteurs. Que l'on juge des libertés que doivent
se permettre ceux qui ne prennent que la donnée d'un
conte pour le développer à leur fantaisie. Qui pourrait d'ailleurs trouver surprenant que des romanciers,
lorsqu'ils écrivent pour des Arabes d'Égypte ou de
Syrie, remplacent toutes les traditions nationales des
Persans ou des Indiens, toutes les idées et toutes les
allusions puisées dans les croyances religieuses de ces
peuples, par des fictions qui puissent être comprises
par ceux pour qui sont composés leurs récits romanesques?

Toutes les circonstances relevées par M. de Sacy,
et qui indiquent une rédaction moderne relativement

[1] *Notices et Extraits des manuscrits de la Bibliothèque du
roi*, t. X, p. 239.

[2] Dans ce roman, le traducteur fait étudier au prince Miémoun le Gulistan de Saadi, les œuvres de Giami, la correspon-
dance diplomatique du ministre Aboulfazl, et lui fait acquérir
une connaissance complète de la littérature et des sciences
des Arabes et des Persans. (Voyez le *Tooti-Nameh*, London,
1801, in-8°, p. 11.)

à l'origine mentionnée par Massoudi, ont dû naturellement s'introduire dans le livre lors d'un remaniement fait probablement vers le treizième siècle, comme je crois pouvoir en donner plus bas la preuve.

Cependant, bien que le rédacteur arabe des *Mille et une Nuits* ait pris soin de donner à ses contes une nouvelle couleur, quelques traces du récit original s'y laissent encore apercevoir.

Je pense, avec M. de Schlegel, que l'introduction de l'ouvrage est un des endroits où se reconnaît l'ancien livre persan des *Mille Contes*, et M. de Sacy semble disposé à faire cette concession [1]. Au début de cette introduction, on trouve citées les chroniques de la dynastie des Sassanides, et il est certainement fort extraordinaire qu'un romancier qui dès le premier volume met en scène le calife Haroun Alraschid place l'époque où les contes de son recueil sont récités, sous une dynastie qui, depuis plusieurs siècles, avait cessé d'exister, sans prendre garde à l'anachronisme qu'il commet. Feu M. Caussin de Perceval a essayé de justifier l'auteur arabe et a prétendu qu'il avait simplement voulu dire que le sultan des Indes descendait de la dynastie des Sassanides. Galland ne s'est pas inquiété de la difficulté, et a paraphrasé tout le début ; mais la première phrase de l'original arabe, quoique beaucoup plus concise, est encore assez claire, autant qu'on peut en juger par la traduction

---

[1] *Mémoire sur les Mille et une Nuits.* p. 49.

littérale que M. Caussin en a donnée dans sa préface, et il me semble impossible d'y trouver le sens que ce savant orientaliste y a cherché. Voici cette phrase :

« On rapporte qu'il y avait autrefois dans le royaume des Sassanides, dans les îles de l'Inde et de la Chine, deux rois qui étaient frères. L'aîné s'appelait Schahriar, et le cadet Schahzenan..... Schahriar avait donné le royaume de Samarcande à son frère tandis que lui-même résidait dans l'Inde et à la Chine[1]. »

L'Inde et la Chine, comme on sait, n'ont jamais appartenu à la dynastie des Sassanides ; mais peut-être le romancier persan, que l'auteur arabe n'a fait ici que copier, selon toute apparence, a-t-il cherché à exagérer la puissance de la dynastie de ses rois nationaux, dont le dernier prince avait lutté si malheureusement contre les sectateurs du prophète. On peut donc regarder comme très vraisemblable que la fable principale, celle dans laquelle sont encadrés tous les autres récits, est au nombre des parties de l'ancien livre des *Mille Contes (Hezar-Afsaneh)*, conservées par le rédacteur arabe. Les noms persans de *Schahriar*, de *Schahzenan*, de *Scheherazade* et de *Dinarzade*, en offrent une autre preuve ; et il est présumable qu'un romancier arabe, qui aurait imaginé le conte qui sert de fondement aux *Mille et une Nuits*, au lieu de le copier dans un livre persan, aurait donné

[1] Préface de l'édition des *Mille et une Nuits*, de 1806, p. xxviij.

des noms arabes à ses personnages)[1]. M. Caussin de Perceval, qui, d'après une indication fausse, dont j'ai déjà parlé, avait cru la rédaction actuelle des *Mille et une Nuits* peu antérieure à l'année 1548 de notre ère, frappé du rapport que l'histoire de Schahzenan offre avec celle de *Joconde*, dans l'Arioste, avait supposé que le conte arabe pouvait avoir été puisé dans le *Roland furieux*, supposition que M. de Schlegel considère avec raison comme inadmissible.

« Un Arabe du seizième siècle, dit le savant indianiste, versé dans la littérature classique des Italiens et lisant au fin fond de la Syrie *Roland furieux*, un livre que tout vrai croyant dut avoir en horreur, cela est difficile à imaginer. En outre, cela aurait eu lieu avant 1548, et la première édition complète de *Roland furieux* date de 1530. La célébrité de cet ouvrage n'était pas encore répandue au delà de l'Italie, et il n'en existait aucune traduction [2]. »

Ce qui prouve d'ailleurs l'ancienneté et l'origine orientale de l'introduction des *Mille et une Nuits*, c'est que le type de la fable intitulée l'*Ane, le Bœuf et le Laboureur*, fable que le visir raconte à sa fille

[1] L'altération présumée des noms de *Schahriar*, *Scheherazade* et *Dinarzade*, dont la signification exacte ne nous est pas bien connue, ne me semble pas un motif suffisant pour affirmer qu'ils n'appartiennent pas à la langue persane. Les copistes arabes, chargés de transcrire les *Mille et une Nuits*, ont dû naturellement altérer des noms persans dont ils ne comprenaient pas le sens.

[2] *Journal asiatique* de juin 1836, p. 576.

pour la détourner du dessein d'épouser le sultan, se retrouve dans un poëme sanscrit fort ancien intitulé *Râmâyana*, comme l'a déjà fait observer M. G. de Schelegel[1]. L'incident de la femme du génie et de ses cent bagues est un autre emprunt fait à l'Inde, et ce n'est pas le seul rapport que l'on trouve entre le recueil arabe et les livres indiens.

J'ai dit plus haut que l'on ignorait complètement à quelle époque avait pu être composé le livre persan des *Mille Contes* (*Hézar-Afsaneh*); mais on peut au moins, relativement aux *Mille et une Nuits*, former quelques conjectures. Remarquons d'abord que la question se divise en deux. Le livre des *Mille et une Nuits*, comme le prouve le passage cité de Massoudi, a pour original un livre arabe plus ancien intitulé les *Mille Nuits* et traduit du recueil persan dont je viens de parler. Or un autre passage du même historien, cité et traduit par M. de Hammer[2], nous apprend que sous le règne du second calife Abbasside Almansour, qui vivait au huitième siècle de notre ère[3], les Arabes commencèrent à s'approprier, par des traductions, les trésors scientifiques et littéraires des peuples étrangers, et que des recueils de fables et de contes entrèrent dans le domaine de la littérature arabe. Le savant orientaliste pense que c'est à cette époque

[1] *Journal asiatique* de juin 1836, p. 579.

[2] *Préface des Contes inédits des Mille et une Nuits*, p. xxj.

[3] Le calife Almansour monta sur le trône en 745 et mourut en 775.

que le livre persan intitulé *Hézar-Afsaneh* fut traduit en arabe sous le titre nouveau des *Mille Nuits*, et cette opinion de M. Hammer, laquelle ne manque pas de vraisemblance, mais qu'on ne doit pas regarder encore comme démontrée, est tout ce que l'on peut dire sur l'ancien recueil arabe où a puisé le premier rédacteur du recueil que nous possédons aujourd'hui sous le titre de *Mille et une Nuits*.

Quant à l'époque de la rédaction de ce dernier ouvrage, plusieurs raisons que je vais énoncer autorisent à la placer vers le treizième siècle de notre ère. Si l'on examine les premiers contes, c'est-à-dire la partie évidemment la plus ancienne du livre, on y rencontre presque dès le début le nom du calife Haroun Alraschid, et M. de Hammer a fait observer avec raison que les nouvelles dans lesquelles ce prince joue un si grand rôle ne peuvent avoir été rédigées que deux siècles au moins après la mort de ce prince, puisqu'il en est parlé comme d'une époque passée depuis longtemps. Plus loin, dans l'histoire si connue du *Barbier de Bagdad* [1] ce personnage, en prenant la hauteur du soleil, fait connaître l'année dans laquelle l'histoire est censée se passer, et qui est l'année 653 de l'hégire (1255 de J.-C.); d'où l'on doit naturellement conclure, comme l'a fait Galland, que le conte n'est pas antérieur à cette époque, et que le

---

[1] Voyez l'*Histoire racontée par le tailleur*, CLXIe Nuit, et ci-dessus p. XI.

recueil dont il fait partie a, selon toute apparence, été composé vers le même temps. Dans une autre histoire, celle de *Noureddin Ali et de Bedreddin Hassan*, le romancier, sans s'inquiéter du grossier anachronisme qu'il commet, place en Égypte des sultans longtemps avant le règne de Haroun Alraschid. Or, comme le titre de sultan ne commença à être employé qu'au onzième siècle de notre ère, et que même le premier souverain de l'Égypte qui ait porté cette dénomination honorifique ne monta sur le trône qu'au milieu du douzième siècle, le conte de *Bedreddin Hassan*, où il est parlé des sultans d'Égyte en termes qui donnent lieu de croire que leur établissement n'y était pas un fait récent, doit être postérieur au douzième siècle. Enfin, on se rappelle que trois calenders figurent dans un des premiers contes, et M. de Sacy a fait remarquer que cet ordre de moines musulmans ne remonte guère plus haut que l'année 1150 de J.-C., d'où il résulte que l'histoire dont les calenders sont les principaux personnages a vraisemblablement été rédigée postérieurement à cette dernière époque. Ces divers motifs ne permettent pas de considérer la rédaction de la partie la plus ancienne des *Mille et une Nuits* comme antérieure au treizième siècle de notre ère ; et si l'on considère d'un autre côté qu'il n'y est question nulle part du café', dont l'usage a com-

---

' Il n'est question du café que dans les contes du supplément de M. Jonathan Scott, lesquels peuvent être rangés parmi

mencé à être commun dans l'Orient au quinzième siècle, on sera fondé à croire que ces contes furent rédigés avant que ce dernier usage fût répandu. On pourra supposer avec quelque vraisemblance que la première partie des *Mille et une Nuits*, laissée inachevée par l'auteur arabe, et qui probablement est terminée par l'*Histoire de Camaralzaman*, a pu être rédigée dans le treizième ou dans le quatorzième siècle de notre ère [1].

Il est très difficile et d'ailleurs beaucoup moins intéressant de savoir à quelle époque furent ajoutés les contes, anecdotes et apologues qui forment le complément des *Mille et une Nuits*. Ces additions doivent être de plusieurs mains, et le cadre des *Mille et une Nuits*, par sa dimension, se prêtait naturellement à recevoir les interpolations qu'il pouvait plaire aux auteurs, et peut-être même aux copistes d'y introduire. Des ouvrages distincts, qui n'en faisaient probablement pas partie dans l'origine, comme le roman des *Sept visirs* et les *Voyages de Sindbad le marin*, ont même fini par y être incorporés.

Reste à déterminer le pays du rédacteur des *Mille et une Nuits*. M. de Hammer pense avec beaucoup de fondement que c'est en Égypte que fut recueillie l'édition la plus complète et la plus moderne de ces contes, ceux qui ont été ajoutés postérieurement à la première rédaction.

[1] C'est également l'opinion de M. Silvestre de Sacy. (Voyez les *Mémoires de l'Académie des Inscriptions*, t. X, p. 61.)

les mœurs, les usages, les circonstances locales, la langue, tout d'un bout à l'autre portant l'empreinte de ce pays, où les manuscrits du livre sont d'ailleurs bien plus nombreux et bien plus faciles à se procurer qu'en aucun autre lieu du monde. Quant à l'auteur de la première partie du recueil, voici l'opinion exprimée par le scheikh Ahmed Schirvani dans la préface d'une édition du texte arabe des *Mille et une Nuits* commencée par lui en 1814 à Calcutta : « Il faut savoir que l'auteur du livre des *Mille et une Nuits* était un homme habitant de la Syrie, dont l'arabe était la langue maternelle. Son but, en composant ce livre, a été que quelques personnes qui désiraient apprendre à parler arabe, acquérant par la lecture une certaine facilité à s'exprimer, parvinssent à parler cette langue. C'est pour cela qu'il a composé ce livre dans un style simple, tel que celui dont usent les Arabes dans la conversation, en sorte qu'il a employé certains mots corrompus conformément au langage vulgaire des Arabes[1]. »

La simplicité et même, il faut le dire, l'incorrection du style des *Mille et une Nuits* est sans doute la cause pour laquelle les bibliographes arabes[2] n'en parlent point ou en disent peu de chose, et il paraît que les

---

[1] Silvestre de Sacy, *Mémoires de l'Académie des Inscriptions*, t. X, p. 37, IIe série.

[2] Le célèbre bibliographe Haggi Khalfa, qui écrivait dans la première moitié du dix-septième siècle de notre ère, ne donne que le titre des *Mille et une Nuits*. (Silvestre de Sacy, *Mémoires de l'Académie des Inscriptions*, t. X, p. 53.)

Orientaux lettrés, amateurs exclusifs du beau langage, font un médiocre cas de ce recueil qui a eu tant de succès en Europe [1].)

§ III. — ORIGINE INDIENNE DE PLUSIEURS CONTES ARABES ET PERSANS.

Je n'ai fait tout à l'heure qu'indiquer en passant l'avantage que l'on peut retirer de la comparaison des fictions indiennes avec les *Mille et une Nuits* pour la démonstration de l'antique origine d'une partie de ce recueil ; cette assertion exige quelques développemens.

Une opinion qui n'est pas sans fondement place dans l'Inde le berceau de l'apologue et du conte moral ; les Indiens, selon toute apparence, ont autant de droits à être considérés comme les inventeurs du conte merveilleux. Il existe en effet dans la langue sanscrite un nombre assez considérable de poëmes fort anciens, où les vers ne se comptent que par milliers ; et ces poëmes, vastes répertoires de légendes, où la fable l'emporte sur l'histoire, parmi les nombreux épisodes qu'ils renferment, offrent quelquefois des récits analogues aux contes arabes. L'étude de la littérature indienne est encore toute nouvelle ; on n'a jusqu'à présent examiné ou même parcouru qu'une faible partie de ces immenses recueils, et tous les ma-

[1] Silvestre de Sacy. (*Mémoires de l'Académie des Inscriptions*, t. X, p. 53.)

tériaux nécessaires pour traiter dans son ensemble un sujet aussi neuf qu'intéressant pour l'histoire littéraire sont loin d'être connus ; aussi, je me propose simplement de poser la question et d'en signaler quelques points curieux.

L'immense poëme héroïque écrit en sanscrit et intitulé *Mahâbhârata* [1], poëme dont la composition est probablement antérieure de plusieurs siècles à notre ère, renferme un grand nombre d'épisodes ; et plusieurs de ces épisodes, qui sont de véritables légendes plus anciennes sans aucun doute que le poëme où elles ont été placées, tiennent de la nature du conte merveilleux. Une analyse rapide de l'épisode intitulé *Histoire de Nala et de Damayanti* [2] offrira, je l'espère, la preuve de ce que j'avance.

Il y avait jadis un roi du Nichada nommé Nala, qui était un prince accompli, aussi distingué par sa bravoure, ses talens et ses vertus, que par l'agrément de sa personne ; on l'eût pris pour le dieu d'Amour sous une forme humaine. Dans le même temps, un roi de Vidarbha, nommé Bhima, avait une fille appelée Damayanti, la perle de son sexe, et si remarquable par sa beauté que ses charmes faisaient impression

---

[1] Le texte sanscrit de ce poëme se publie maintenant à Calcutta et formera cinq gros volumes in-4° ; les deux premiers ont paru.

[2] M. Bopp a publié en 1819 le texte sanscrit de cet épisode avec une traduction latine littérale ; ce travail a été réimprimé à Berlin en 1830.

sur le cœur des dieux eux-mêmes. Partout on vantait la beauté incomparable de Damayantî et de Nala, et le prince et la princesse sans s'être vus conçurent de l'amour l'un pour l'autre. Un jour que Nala, retiré dans un bosquet, rêvait solitairement aux désirs qui agitaient son cœur, il aperçut dans le jardin de beaux oiseaux aux ailes dorées et parvint à en prendre un. Alors l'oiseau, qui était un génie, dit à Nala : « O roi, ne me donne pas la mort, je te rendrai un grand service : j'irai parler de toi à Damayantî et tu seras seul aimé d'elle. » Nala donne la liberté à son prisonnier, qui se transporte sur-le-champ avec sa bande dans les jardins de la charmante fille de Bhima, qui se promenait avec ses femmes. Chacune d'elles se met aussitôt à courir après les beaux oiseaux, et celui que la princesse poursuivait, se tournant vers elle, lui dit : « O Damayantî ! le beau Nala meurt d'amour pour toi ; si tu devenais son épouse, ton bonheur serait parfait ; car il est le plus accompli des mortels, comme tu es la perle des femmes. — Eh bien ! répond Damayantî, va dire à Nala que je partage les mêmes sentimens. »

Cependant la princesse devient triste et rêveuse ; elle perd le repos et le sommeil. Ses femmes, s'apercevant de ce changement, en informent le roi Bhima, qui pense que le temps de marier sa fille est arrivé, et il fait sur-le-champ inviter tous les rois à se rendre à la cérémonie dans laquelle la princesse doit faire choix d'un époux.

Pendant qu'on fait les préparatifs de cette solennité,

deux sages divins vont rendre visite au dieu Indra, roi des génies célestes, et lui apprennent le mariage prochain de Damayantî. Indra forme le projet de s'y rendre; et Agni, dieu du feu, Varouna souverain des eaux, ainsi que Yama, roi des régions infernales, survenant en ce moment, se disposent à accompagner le roi du ciel. Ils montent tous les quatre dans des chars aériens, et dans leur chemin, ils aperçoivent Nala qui se rendait à la cérémonie. Ils s'arrêtent, descendent et requièrent du prince un service; c'est d'aller annoncer à la fille de Bhima que quatre dieux puissans la prient de choisir entre eux un époux. Après avoir un instant résisté, Nala se résigne en gémissant à obéir, et entre dans le palais sans être aperçu des gardes dont les yeux sont fascinés par le pouvoir divin. Il pénètre dans l'appartement de la princesse et lui fait connaître les propositions des dieux. « Nala, répond Damayantî, je t'ai donné ma foi, je n'aurai pas d'autre époux que toi. » Le prince lui représente en vain le danger de résister à la volonté des dieux; elle persiste, et le charge d'aller porter sa réponse à ceux qui l'ont envoyé.

Cependant le jour fixé arrive, et tous les princes se rendent dans la salle où doit se faire la cérémonie. En entrant dans la salle, Damayantî cherche des yeux le prince qu'elle adore; mais quelle est sa douleur et son inquiétude, lorsqu'au lieu d'un Nala, elle en aperçoit cinq! Les dieux, pour punir la princesse de ses refus, avaient pris les traits de son amant. Dans sa perplexité, Damayantî adresse une fervente prière aux dieux qui, se laissant toucher, reprennent leur divins attributs. Leurs corps aériens ne posent point à terre et ne portent pas ombre; leurs yeux fixes et immobiles ne sont point sujets au clignement[1]; enfin des guirlandes de fleurs d'une fraîcheur admirable, et que ne souille pas un grain de poussière, leur servent de parure. Alors Damayantî choisit le roi de Nichada pour époux aux acclamations générales, et les dieux, avant de quitter Nala, lui accordent huit dons ou facultés surnaturelles, entre autres celles de se procurer du feu et de l'eau partout où il peut le désirer, et de savoir préparer les mets les plus exquis. Ils joignent à ces dons des guirlandes ayant la propriété de conserver toujours leur fraîcheur et leur éclat.

Les dieux s'éloignent ensuite et sur leur chemin ils rencontrent deux mauvais génies, appelés Dwâpara et Cali, qui se rendaient à la cérémonie, avec l'intention de choisir Damayantî pour épouse. Ils ap-

---

[1] Les Indiens croient que c'est un privilége des dieux d'avoir toujours l'œil ouvert; aussi dans un drame indien, le bouffon dit en parlant de la nymphe Ourvast, qui a quitté le ciel pour venir sur la terre épouser un roi : «Le ciel vraiment! comment pourrait-elle encore penser à un tel séjour… à un séjour où l'on ne peut ni boire, ni manger, ni fermer l'œil une seconde?»

La même croyance existait, à ce qu'il semble, chez les Grecs; Héliodore dit que les dieux ont le regard fixé et ne ferment jamais la paupière; il s'appuie à cet égard sur le témoignage d'Homère. M. Wilson explique par cette idée les *yeux de marbre*, que le poëte donne à Vénus et qui la font reconnaître d'Hélène. (Voyez le *Théâtre indien*, traduit par M. Langlois, d'après la version anglaise, t. Ier, p. 230.)

prennent ce qui s'est passé, et Cali, furieux contre la
princesse qui a préféré un mortel à des dieux, jure
de se venger d'elle et de son époux, malgré les exhor-
tations contraires du roi du ciel.

Les deux mauvais génies se liguent ensemble et
guettent le moment d'exécuter leurs desseins pervers.
Ils attendent inutilement pendant douze ans ; enfin
un soir, Nala ayant négligé de faire ses ablutions,
Cali profite de cet état d'impureté pour entrer dans le
corps du roi, et le second mauvais génie Dwâpara allant
trouver Pouchkara, frère de Nala, l'invite à aller dé-
fier son frère au jeu de dés [1] et lui promet une victoire
certaine. Pouchkara court aussitôt proposer à Nala de
jouer avec lui ; le roi accepte, et Dwâpara s'étant introduit dans les dés, la chance se déclare contre Nala
qui perd successivement son or, ses pierreries, ses
équipages, ses riches habits et son royaume, en dépit
de tous les efforts de Damayantî pour l'écarter du
jeu. Grâce au secours des deux mauvais génies,
Pouchkara consomme la ruine de son frère, et, devenu
insolent par la prospérité, il ose proposer au malheureux prince de jouer sa femme. Nala refuse avec indi-
gnation, et, couvert de vêtemens grossiers, il sort de la
ville avec Damayantî pendant que son indigne frère
défend par une proclamation de donner ni aide ni
asile au roi déchu. Pendant plusieurs jours, Nala

---

[1] Le jeu, dont il est ici question, était à ce qu'il paraît analogue à notre trictrac.

erre dans les bois avec sa malheureuse compagne, ne vivant que de racines ; mourant de faim, il aperçoit quelques oiseaux et veut essayer de les prendre pour en faire sa nourriture. Il se dépouille à cet effet de la pièce de toile qui lui sert de vêtement, afin d'en faire une espèce de filet. Les oiseaux y entrent, mais ils prennent aussitôt leur vol en emportant avec eux la pièce de toile et disent à Nala : « Apprends, insensé, que nous sommes les dés qui t'ont fait perdre tout ce que tu possédais. Nous avions trop de regret de te laisser même ce dernier vêtement. » Nala, au désespoir de ce que la fortune s'obstine à le persécuter, conseille à Damayantî de l'abandonner et d'aller retrouver le roi de Vidarbha son père. La princesse déclare qu'elle ne prendra ce parti que si son époux consent à la suivre, et Nala, honteux de se montrer dans un état humiliant à la cour de son beau-père, refuse d'accompagner Damayantî. Tous deux continuent à mener une vie errante, et une nuit qu'ils avaient cherché un refuge dans une masure abandonnée, Nala désespéré de voir sa jeune et charmante épouse traîner une existence aussi misérable, et poussé d'ailleurs par le mauvais génie qui s'était introduit dans son corps, abandonne Damayantî à la protection des dieux, et s'éloigne après avoir partagé en deux la pièce de toile qui servait de vêtement à Damayantî. A son réveil, se trouvant seule, elle pousse des cris de désespoir et appelle la mort. Au moment de devenir la proie d'un serpent, elle est sauvée par un chasseur qui tue le monstre d'un coup de flèche. Cet homme, frappé de sa beauté, ose lui faire des propositions outrageantes ; la princesse, indignée, invoque les dieux, et le feu qui jaillit de ses yeux irrités [1] consume à l'instant l'audacieux qui voulait lui faire violence. Enfin, après une suite d'aventures qui mettent plusieurs fois sa vie en danger, mais dans lesquelles son courage la soutient et sa vertu lui sert de bouclier, elle trouve un refuge auprès de la fille du roi de Tchédi, à qui elle raconte ses malheurs, sans toutefois lui faire connaître son rang.

Cependant, après avoir quitté Damayantî, Nala continue pendant quelque temps à errer dans la forêt. Un jour il aperçoit un grand feu, et du milieu de ce feu il entend une voix qui lui crie : « Viens à moi, Nala. » Le roi n'hésite pas, il entre au milieu du feu et il voit étendu le roi des serpens Carcotaca, qu'un sage divin, en punition d'un mauvais tour qu'il lui avait joué, avait condamné par une imprécation à demeurer immobile en ce lieu, jusqu'à ce que Nala vînt mettre fin à son enchantement. Le prince releva le serpent, qui devint au moment même aussi petit que le doigt, et il le transporta hors de cette région enflammée. Au moment où Nala s'apprête à le déposer à terre, le serpent lui dit : « Fais quelques pas en les comptant. » Le prince obéit, et au moment où il pro-

[1] Les Indiens supposent que les saints et les personnages éminemment vertueux sont doués d'un pouvoir surnaturel, appelé *tédjas*, qui leur permet de consumer par leurs seuls regards les imprudens capables de leur faire outrage.

nonce le nombre dix [1], le serpent le mord et Nala s'aperçoit qu'il a changé de forme. « Nala, dit le roi des serpens, j'ai opéré cette métamorphose dans ton intérêt, pour que tu ne fusses pas reconnu, et le venin de ma morsure causera des souffrances inouïes au génie pervers qui s'est introduit dans ton corps et t'a rendu si malheureux, toi qui ne l'avais jamais offensé. Ne crains rien maintenant, je te protège et aucun être sur la terre ne peut te nuire. Va trouver Ritouparna, roi d'Aoude ; il possède au plus haut degré la science des dés, il te la communiquera en échange de l'art de conduire les chevaux. Alors tu n'auras plus rien à désirer, et quand tu voudras reprendre ta forme naturelle, tu n'auras qu'à mettre le vêtement que voici en pensant à moi. » Nala suit le conseil du roi des serpens, et entre au service du roi Ritouparna en qualité d'écuyer et sous le nom de Vahouca, se donnant aussi comme très-habile à préparer les mets les plus exquis.

Le roi Bhima, père de Damayantî, ayant appris le malheur de sa fille et de son gendre, envoie aussitôt des brahmanes à leur recherche, en promettant une récompense magnifique à celui qui pourra lui en donner des nouvelles. Des brahmanes se mettent aussitôt en quête de tous les côtés, et l'un d'eux, nommé Soudéva, en traversant la capitale du roi de Tchédi,

---

[1] Il y a ici un assez mauvais jeu de mots. Le mot sanscrit *dasa* en même temps qu'il signifie *dix*, est aussi la seconde personne de l'impératif du verbe *mordre*.

aperçoit la fille de Bhima sur la terrasse du palais, et la reconnait à un signe placé au-dessus du sourcil, malgré l'altération que la douleur a causée dans ses traits. Il se présente devant elle aussitôt, et la fille du roi de Tchédi, instruite par le digne brahmane du nom et du rang de son hôtesse, la fait reconduire avec une escorte honorable à la cour du roi son père.

Réunie à sa famille, Damayanti était encore loin de se trouver heureuse; la pensée de son époux l'occupait toute entière. Sa mère, la voyant triste et dolente, lui propose d'envoyer à la recherche de Nala : la princesse fait alors venir en sa présence plusieurs brahmanes, les charge de répéter partout où ils iront une allocution adressée à Nala, que lui seul peut comprendre, et à laquelle, selon toute apparence, il doit seul répondre. Les brahmanes suivent exactement ces instructions ; enfin, après un laps de temps considérable, un des émissaires de la princesse vient lui rapporter qu'il a trouvé dans la ville d'Aoude un écuyer du roi nommé Vahouca, qui a fait, en pleurant, au discours de la princesse, une réponse qui, par les allusions qu'elle renferme, semble ne pouvoir venir que du roi Nala. Damayanti récompense richement le brahmane, et faisant appeler Soudéva, qui l'avait ramenée de la cour du roi de Tchédi, elle le charge d'aller annoncer à Ritouparna, roi d'Aoude, que la fille de Bhima, croyant son époux mort, se propose de faire choix d'un nouveau mari. Soudéva s'acquitte de sa mission en déclarant que la cérémonie doit se faire le lendemain, et le roi Ritouparna, qui conçoit aussitôt le désir d'épouser la princesse, demande à son écuyer Vahouca, c'est-à-dire à Nala, s'il peut le conduire en un jour dans la ville de Vidarbha, quoiqu'il y ait plus de cent yodjanas [1] de chemin.

Damayantî a choisi exprès ce terme rapproché, parce qu'elle sait que son époux est le seul au monde qui puisse, par son adresse incomparable à conduire des chevaux, franchir en un seul jour cette énorme distance. Nala ne peut pas croire que la femme qui l'aimait si tendrement veuille le trahir, et pour s'assurer de la vérité, il promet à Ritouparna de le conduire en un jour dans la capitale du père de Damayantî. Ils partent en effet ; Ritouparna demeure en extase à la vue de l'habileté merveilleuse de son écuyer à conduire un char, et soupçonne aussitôt que Vahouca ne peut être que Nala, dont l'adresse égale celle de Mâtali, écuyer du roi des génies célestes. Pendant le chemin, une circonstance fortuite amène Ritouparna à déclarer à son écuyer qu'il possède la science des calculs et du jeu des dés au plus haut degré, et Vahouca lui propose de faire échange de leurs sciences et de lui communiquer l'art de conduire les chevaux, à la condition de recevoir de lui la science des dés [2].

[1] Le *yodjana* est une mesure qui répond à neuf milles anglais ou trois lieues, et suivant une autre évaluation, à cinq milles.

[2] Le texte ne donne pas d'autre explication, et pour comprendre ce passage, il faut supposer à chaque personnage le don merveilleux de communiquer à un autre sur-le-champ, et

Le marché se conclut, et à peine Nala possède-t-il la science des dés, que le mauvais génie Cali sort du corps de ce prince en vomissant le venin du serpent Carcotaca, et il implore son pardon de Nala en promettant de ne plus chercher à lui nuire. Le soir même Ritouparna, accompagné de Nala, qui conserve toujours le nom et les traits de Vahouca, fait son entrée dans la capitale du père de Damayantî, et cette princesse, en entendant le bruit du char semblable à celui du tonnerre, se dit que Nala seul est capable de conduire ainsi des chevaux ; elle monte à l'instant sur la terrasse, et son étonnement est au comble à la vue de deux étrangers. Cependant elle conserve encore des doutes et envoie une de ses femmes, nommée Késinî, trouver l'écuyer Vahouca. Cette femme, après diverses questions, lui répète l'allocution adressée au roi Nala par Damayantî, qui avait chargé les brâhmanes ses émissaires de la répéter en tous lieux. Vahouca y fait la réponse qu'il avait déjà donnée. Késinî vient rapporter tout ce qui s'est passé à la princesse, qui, en proie à la plus cruelle incertitude, prie sa suivante de retourner auprès de l'écuyer pour l'observer. « Défends bien, dit-elle, qu'on donne à cet homme ni eau ni feu, et remarque avec soin tout ce que tu lui

---

par le simple fait de la volonté la science qu'il possède. Le joli conte de *Riquet à la houpe*, dans le recueil de Perrault, nous offre l'exemple d'un échange analogue. Riquet à la houpe donne à une princesse l'esprit, et reçoit d'elle la beauté.

verras faire au-dessus des facultés humaines. » Késinî revient au bout de quelque temps tout émerveillée de ce qu'elle a vu. « Le roi Ritouparna, dit-elle, avait envoyé à son écuyer des viandes pour les préparer ; au moment de laver ces viandes, les vases que Vahouca destinait à cet usage se sont remplis d'eau spontanément. Ensuite, cet homme a ramassé un brin de paille, et il lui a suffi de mettre ce brin de paille au soleil pour avoir du feu sur-le-champ. Enfin, je l'ai vu froisser des fleurs à plusieurs reprises, et ces fleurs à l'instant même ont repris leur fraîcheur et leur éclat. « Ma chère Késinî, dit la princesse à sa suivante, va me chercher un des mêts apprêtés par cet écuyer et apporte-le moi. » La suivante obéit et Damayantî, après avoir goûté de ce mets, ne doute plus que Vahouca ne soit Nala lui-mème [1]. L'écuyer est introduit dans l'appartement de la princesse, et dans une touchante explication entre les deux époux, Damayantî jure à Nala qu'elle n'a point cessé de l'aimer, de lui être fidèle et que c'est dans l'espoir de se réunir à lui qu'elle a fait annoncer son second mariage ; elle prend les dieux pour garans de la vérité de ses paroles, et une voix céleste, accompagnée d'une pluie de fleurs, rend un témoignage éclatant à la vertu de Damayantî. Nala se revèt alors de la robe que lui avait donnée le roi des serpens, et reprenant sa forme naturelle, il se

---

[1] C'est de la même manière que dans l'*Histoire de Bedreddin Hassan* des *Mille et une Nuits*, Bedreddin est reconnu par sa grand'mère.

jette dans les bras de sa fidèle épouse. Après avoir pris congé de son beau-père et s'être excusé auprès du roi Ritouparna de la ruse de Damayantî, Nala retourne dans le royaume de Nichada et défie son frère Pouchkara au combat singulier ou au jeu de dés. La partie s'engage ; Pouchkara reperd tout ce qu'il avait gagné et finit par se jouer lui-même, mais son généreux frère lui pardonne et lui rend son amitié.

L'analyse que je viens de donner, et dans laquelle tous les ornemens poétiques ont dû disparaître, ne peut donner qu'une médiocre idée de l'agrément de ce joli poëme, mais elle suffit pour l'objet que je me propose. Il me semble que l'intervention des dieux et des mauvais génies, les facultés merveilleuses du roi Nala et sa métamorphose, constituent véritablement un conte à la manière des *Mille et une Nuits*. Cet épisode, tiré d'un poëme fort ancien qui pourrait fournir la matière de plusieurs analyses semblables, permet de croire que les Indiens ont servi de maîtres aux Persans et aux Arabes dans ce genre ; et d'autres preuves en sont offertes par plusieurs poëmes ou recueils de contes en langue sanscrite dans lesquels se reconnaissent les types de quelques récits romanesques ou merveilleux des *Mille et une Nuits* ou d'autres livres arabes ou persans analogues à cet ouvrage.

On a vu précédemment qu'un grand poëme indien, intitulé *Râmâyana* [2], poëme plus ancien que celui

---

[2] Le *Râmâyana* est attribué par les Indiens à un sage nom-

dont j'ai extrait l'*Histoire de Nala*, et qui a pour sujet les aventures du demi-dieu Râma sous forme humaine, offre, dans un chapitre du second livre, le type de la fable que le visir du sultan des Indes raconte à sa fille Scheherazade dans les *Mille et une Nuits*, pour l'empêcher d'épouser le sultan. Le même poëme renferme en outre plusieurs légendes merveilleuses, mais qui ne présentent pas de rapport direct avec les contes arabes [1]. Un autre poëme très-estimé des Indiens, qui le regardent comme fort ancien, est intitulé *Dasa-Koumâra-Tcharita*, ou *Aventures de dix jeunes gens* [2]. Ce poëme, ou, pour mieux

---

mé Valmiki. Les deux premiers livres du texte sanscrit de ce poëme ont été publiés à Serampour de 1806 à 1810, en trois volumes in-4°, avec une traduction anglaise de MM. Carey et Marshman. M. de Schlegel avait annoncé le projet d'en publier une autre, dont le premier volume seul a paru et ne renferme que le texte sans la traduction. Le savant Chézy en a fait connaître trois épisodes, la *mort de Yadjnadatta,* — *le combat de Lakchmana avec le géant Atikaya,* — *la séduction de Richyasringa.* Le premier a été imprimé en 1814 et 1826, le second fait partie du discours d'ouverture de la chaire de littérature sanscrite, et le troisième est placé dans une des notes de la traduction du drame de *Sacontala.*

[1] Voyez entre autres l'épisode de la *descente de la déesse Gangâ,* dont M. de Schlegel a donné une imitation en vers allemands dans le premier cahier de sa *Bibliothèqne indienne* (*Indische bibliothek,* Bonn 1820), et l'épisode des *Pénitences de Wiswamitra,* dont M. Bopp a inséré la traduction à la suite de son *Congugations system der sanscrit sprache.*

[2] Voyez la préface mise par Colebrooke en tête de l'édition de

dire, ce roman en vers, renferme des récits analogues à ceux des *Mille et une Nuits*, et il offre même des détails et des incidens qui se retrouvent dans quelques contes arabes et persans [1]. Je passe maintenant à l'examen des recueils de contes proprement dits.

Parmi ces recueils écrits en langue sancrite, un des plus étendus et des plus célèbres est intitulé *Katha-Sarit-Sagara*, ou *Océan des ruisseaux des contes*. Somadéva, auteur de cette compilation, déclare, à la fin de son livre, l'avoir composé pour l'amusement de la grand'mère de Harcha-Déva, roi de Cachemire, dame fort pieuse, protectrice des brahmanes et très-dévouée au culte du dieu Siva et de son épouse. Ce fut, selon toute apparence, entre 1059 et 1071 de notre ère, que le docte brahmane composa son ouvrage, auquel il donna lui-même le titre de compila-

---

l'*Hitopadésa*, publiée à Serampour, p. xii. — Ce poëme n'est connu jusqu'à présent que par une traduction anglaise abrégée, publiée dans le *Quarterly oriental magazine* de Calcutta (vol. VI-VIII, 1826-27).

[1] *L'Histoire du sage solitaire et de son élève* dans les *Contes supplémentaires des Mille et une Nuits*, traduits par M. Jonathan Scott, a de l'analogie avec un épisode d'un des récits du *Dasa-Koumâra-Tcharita* (*Quarterly oriental magazine*, juin 1827, p. 282). L'*Histoire de Nitambavati*, du même poëme, ressemble beaucoup à celle *du Peintre* dans le roman des *Sept Visirs*, traduit de l'arabe par M. Jonathan Scott. (Voyez le second volume des *Contes Orientaux*.) Le conte de *Dhoumini* a également beaucoup de rapport avec l'*Histoire du tailleur et de sa femme* dans les *Contes turcs*, traduits par Pétis de La Croix.

teur (*sangraha*), cet ouvrage renfermant des récits plus anciens que le livre et depuis longtemps répandus dans l'Inde. Avant de signaler les récits du *Vrihat-Katka*, qui ont quelque rapport avec les fictions des *Mille et une Nuits*, je dois d'abord faire une remarque importante, c'est que dans tous les recueils sanscrits dont je vais parler, de même que dans le livre célèbre d'après lequel les Persans et les Arabes ont composé les *Fables de Bidpaï*, tous les contes sont encadrés dans une fable principale, plus ou moins compliquée, plus ou moins intéressante ou vraisemblable, caractère particulier des contes indiens, et c'est un rapport de plus à noter entre ces derniers et les fictions arabes. Dans les *Mille une Nuits*, en effet, non-seulement tous les contes sont unis ensemble par le lien commun du récit de la sultane Scheherazade ; mais tous ceux des premières nuits et d'autres encore, se composent d'histoires enchâssées les unes dans les autres, exactement à la manière indienne.

La fable principale, dans le *Vrihat-Kathâ* de Somadéva, est assez compliquée et demanderait de trop longs détails ; aussi me contenterai-je de relever les contes arabes ou persans dont on retrouve les originaux dans le recueil indien [1].

___

[1] Le *Vrihat-Kathâ* n'a pas encore été publié. Il en a paru une analyse dans le *Quarterly oriental magazine* de Calcutta, années 1824 et 1825.

On y reconnaît une des premières histoires des *Mille et une Nuits*, celle de *la Dame aux cent bagues*, une partie des aventures du *troisième Calender*, du même recueil [1], et l'*Histoire de la belle Aroya* des *Mille et un Jours* [2], conte fort plaisant qui paraît avoir eu beaucoup de succès en Orient, et qui a pénétré de fort bonne heure en Europe. Un des plus jolis contes du recueil persan est certainement celui qui a pour titre : *Histoire de Malek et de Schirine*, et ce conte a beaucoup de rapport avec un récit du livre de Somadéva, intitulé *Histoire de la fondation de la ville de Pâtalipoutra*. Enfin la charmante fiction dont les imitations sont si nombreuses, celle qui forme le sujet du joli fabliau du *Court mantel*, et qui a fourni à l'Arioste sa Nouvelle de la *Coupe enchantée*, semble encore venir de l'Inde, et se retrouve dans le *Vrihat-Kathâ*.

Je passe à un autre recueil en langue sanscrite, intitulé *Vétâla-Pantchavinsati*, ou *les vingt-cinq Contes du Vétâla* [3], recueil aujourd'hui peu commun dans l'Inde, mais dont il existe des traductions dans plusieurs dialectes modernes de cette contrée.

[1] LXIIe Nuit, p. 95. — Voyez l'histoire de *Saktidéva* dans le *Quarterly oriental magazine* de 1825.

[2] Voyez l'*Histoire de la vertueuse Upakosa* dans le *Quarterly oriental magazine* de 1824.

[3] Les Indiens donnent le nom de *Vétâla* à un lutin, à un esprit de mauvaise nature qui s'est introduit dans un cadavre.

Comme tous les contes Indiens, ceux du *Vétâla-Pantchavasinti* sont encadrés dans un récit principal dont voici une analyse succincte.

Le dieu Iswara maudit un jour certain brahmane qui avait eu l'indiscrétion d'écouter et de redire à sa femme une collection de belles histoires que le Dieu avait contées à la déesse Iswari. Le brahmane consterné demanda au dieu quel serait le terme de cette malédiction, et Iswara le condamna à demeurer sous la forme d'un lutin (*vétâla*) suspendu aux branches d'un arbre au milieu d'une forêt solitaire, jusqu'au moment où il rencontrerait un homme capable de répondre aux questions renfermées dans ces contes. Sa délivrance était réservée au roi Vicramaditya qui se rendit un jour dans la forêt, à la requête d'un solitaire auquel il devait amener le *vétâla*, dont personne jusqu'alors n'avait pu s'emparer. Le roi se mit à la recherche du lutin, le saisit, et le chargeant sur ses épaules, se mettait en devoir de le porter au solitaire, lorsque le *vétâla* propose au prince de lui raconter une histoire. Le roi accepte, et le lutin termine son conte par une question embarrassante dont le roi cependant se tire à son honneur. A peine a-t-il répondu que le *vétâla*, disparaissant, retourne à son arbre. Le roi revient le chercher ; nouveau conte, nouvelle question résolue par le roi, nouvelle fuite du *vétâla*, manége qui se renouvelle vingt-quatre fois. Enfin, après la vingt-cinquième histoire, le lutin annonce au roi qu'il est satisfait de ses réponses, et en récompense il lui apprend que le solitaire lui tend un piége et conspire contre ses jours.

Ce cadre est aussi bizarre que monotone, et les contes qu'il renferme n'ont pas tous le même degré d'intérèt. Plusieurs cependant sont curieux, soit pour le fond, soit pour les détails ; mais dans le nombre il en est plusieurs que l'on retrouve dans d'autres recueils, car les conteurs indiens, de même que les *novellieri* italiens des xive et xve siècles, ne se sont fait aucun scrupule de se piller les uns les autres. Parmi les contes du *Vetâla-Pantchavinsati* [1], je signalerai particulièrement le Ier qui est fondé sur un usage très-répandu dans tout l'Orient, celui des signes emblématiques [2]; le XXIIIe [3], qui repose sur une] donnée que semblent affectionner singulièrement les Orientaux, celle de la faculté de la divination. Ce conte indien est encore un de ceux qui ont passé dans les

[1] Il existe du *Vetâla Pantchavinsati* deux traductions anglaises, l'une composée sur la version tamoule, par M. Babington, et insérée par lui dans le premier volume d'un recueil publié par le comité de traduction, et intitulé *Miscellaneous translations from oriental languages*. London, 1831. M. Burnouf en a rendu compte dans le *Journal des Savans* d'avril 1833. La seconde a été faite sur une version *Bradjbhakha*, et porte le titre suivant : *Bytal-Puchisi or the twenty five tales of Bytal, translated from the Brujbhakha into english*, by *Raja Kalee-Krishen Behadur*. Calcutta, 1834, in-8o.

[2] *Bytal-Puchisi*; Calcutta, 1834, in-8o, p. 12 et suiv. — *Contes Orientaux* de Caylus, t. Ier, p. 313. — *Monumens arabes, persans et turcs*, décrits par M. Reinaud, t. Ier, p. 91 et suiv.

[3] *Bytal-Puchisi*, p. 134.

Mille et une Nuits, et par l'intermédiaire de la langue arabe ou d'un autre idiôme oriental, il a fini par arriver jusqu'en Europe [1], de même qu'un autre conte du même recueil, le IXe [2], qui me semble le type de la Ve nouvelle de la Xe journée du Décaméron.

On ignore la date de la rédaction sanscrite de ce recueil, et l'on éprouve le même embarras pour décider si le Vicramaditya qui y figure est le célèbre prince qui a donné son nom à une ère, laquelle commence 56 ans avant Jésus–Christ. Quand même cette hypothèse, qui est celle de Wilford, serait exacte, il n'en résulterait pas que le recueil dût être considéré comme ayant été composé sous le règne du plus célèbre des princes indiens qui ont porté le nom de Vicramaditya.

Le cadre du livre de contes intitulé en sanscrit : *Singhâsana – Dwâtrinsati*, ou les *Trente – deux Contes du Trône* [3], n'est pas moins monotone que celui du recueil dont je viens de parler, et malheureusement les histoires que renferme ce livre n'y jettent pas beaucoup de variété. Le conte principal, dans lequel sont encadrés tous les autres, met en scène un roi

---

[1] Voyez l'*Histoire des trois fils du sultan d'Yémen* dans les *Contes supplémentaires* des *Mille et une Nuits*, p. 689.

[2] *Bytal-Puchisi*, p. 69.

[3] Ce recueil a été traduit du sanscrit en bengali, en talinga, en tamoul, etc. Il en existe une traduction française, composée sur une version persane. Elle est intitulée le *Trône enchanté*, *conte indien, traduit du persan par le baron Lescallier*. (New-York, 1817, 2 vol. in-8o).

d'Oujjaïni nommé Bhodja, qui entreprend de se placer sur un trône ayant appartenu à un de ses prédécesseurs, le célèbre Vicramaditya. Chaque fois qu'il veut y prendre place, une des trente-deux statues animées qui soutiennent le dais de ce trône, et qui sont autant d'*apsarases* ou courtisanes célestes condamnées à faire, pendant un certain période de temps, pénitence sous cette forme, repousse les prétentions du prince, en lui représentant qu'il est très-inférieur à l'ancien monarque en désintéressement, en courage et en libéralité[1]. Chaque statue lui raconte alors, à l'appui de ce jugement, une anecdote de la vie du célèbre Vicramaditya.

La date de la rédaction originale de ce recueil n'est pas mieux connue que celle du précédent, et il est plus que douteux qu'elle doive être fixée au règne du Vicramaditya, qui vivait au siècle qui a précédé notre ère. Mais si ce recueil est plus moderne, les contes qu'il renferme sont anciens et leur origine indienne ne peut pas être révoquée en doute. Plusieurs de ces contes reposent sur des idées et des croyances particulières à l'Inde, et la présence des mêmes fictions dans des recueils persans ou arabes offre une nouvelle preuve des emprunts faits aux Indiens par les autres nations de l'Orient. Je citerai pour exemple le joli conte des *Mille et un Jours* [2], dans lequel le prince

<hr>

[1] Wilson, *Mackenzie collection.* Calcutta, 1828, in-8b, t. Ier, p. 344.

[2] *Histoire de Fadlallah, fils de Bin-Ortoc, roi de Moussel.* —

Fadlallah, dupe d'un traître magicien, fait passer son âme dans le corps d'une biche. La croyance superstitieuse, née du dogme de la métempsycose et sur laquelle ce conte est fondé, suffisait seule pour faire soupçonner qu'il dérivait d'un pays où cette croyance est répandue ; aussi ne doit-on pas être étonné de le retrouver dans le recueil *du Trône enchanté* [1].

Je remarque encore dans le même livre le type d'un des incidens du conte traduit par Cazotte, sous le titre du *Calife voleur* [2]; la circonstance de ce plat de gâteaux offert par le calife à une de ses femmes, et qui, donné par elle à un jeune homme, finit, en passant de main en main, par revenir au calife lui-même, dérive certainement d'une aventure attribuée au roi indien Bhartrihari [3].

Toute la première partie de l'histoire du *Prince Ahmed et de la fée Pari-Banou* [4] offre beaucoup de ressemblance avec un autre conte du même re-

Le fond de ce conte se retrouve dans un roman italien, traduit ou imité du persan et intitulé *Peregrinaggio di tre giovani figlivoli del re di Serendippo. Per opra di M. Christoforo Armeno dalla Persiana nell' Italiana lingua trapportato.* In Venetia, 1584, in-18. Du roman italien le conte a passé dans les *Soirées Bretonnes* de Gueulette.

[1] Voyez dans la traduction de Lescallier le VIIe conte, t. Ier, p. 130 et suiv.

[2] Voyez les *Contes supplémentaires* des *Mille et une Nuits*.

[3] Le *Trône enchanté*, t. Ier, p. 21 et suiv.

[4] Voyez les *Mille et une Nuits*, p. 610.

cueil [1], et enfin dans le dixième, figure un cheval de bois magique [2], fiction que l'on retrouve dans d'autres contes indiens et qui a passé, comme on sait, dans les *Mille et une Nuits*.

Le *Souka-Saptati* (les soixante-dix contes du Perroquet) est encore un recueil originairement écrit en sanscrit, mais qui a passé dans les dialectes vulgaires et dans la langue persane sous le titre de *Touthi-namé*. Tous les contes de ce livre sont, à la manière indienne, encadrés dans un récit principal dont voici le précis : Un jeune prince nommé Miémoun est marié à une jeune femme appelée Khogisté. Un jour, en parcourant la ville, il aperçoit un homme tenant un perroquet dans sa cage ; il en demande le prix, et, à son grand étonnement, on lui en demande mille pièces d'or. Il se récrie sur cette somme exorbitante et traite de fou celui qui consentira à la donner pour une poignée de plumes et pour le déjeuner d'un chat. « Prince, dit le perroquet prenant la parole, ne juge pas sur l'apparence. Par mon savoir, je m'élève jusqu'aux cieux, et les hommes les plus habiles sont étonnés de la sagesse de mes discours ; je connais le passé et l'avenir. Ainsi, par exemple, les caravanes de Caboul doivent, dans quelques jours, venir en cette ville se procurer du nard ; achète en conséquence tout le nard que tu pourras trouver et tu feras un bénéfice

----

[1] Le *Trône enchanté*, t. Ier, p. 199.
[2] Le *Trône enchanté*, p. 191.

considérable. » Miémoun , étonné de cette réponse , donne les mille pièces d'or, emporte le perroquet, et, suivant son conseil, il accapare tout le nard et fait , en le revendant, un bénéfice énorme. A quelque temps de là il entreprend un voyage. Pendant son absence , sa femme devient amoureuse d'un jeune prince et lui donne un rendez-vous ; mais avant d'y aller, elle demande l'avis d'une scharuk [1], oiseau parleur que Miémoun avait donné pour compagne au perroquet. La scharuk remontre à Khogisté l'indignité de l'action qu'elle veut commettre et le déshonneur dont elle va se couvrir. La princesse, furieuse , tire l'oiseau de sa cage et le jette contre terre avec tant de violence qu'il en meurt. Elle va ensuite consulter le perroquet, qui, plus prudent que la scharuk, n'essaie pas de détourner Khogisté de son dessein, et prend le parti de lui faire oublier l'heure de son rendez-vous en lui contant une histoire. La ruse réussit ; le perroquet la renouvelle tous les jours et oblige ainsi sa maîtresse à rester, malgré elle, fidèle au prince son époux. Lorsque Miémoun revient de son voyage , le perroquet lui fait connaître les desseins coupables de Khogisté, et le prince, dans sa fureur, la fait mettre à mort.

Ce cadre est, comme on voit, assez ridicule ; mais les contes qu'il renferme, et dont il n'existe malheureusement qu'une traduction anglaise incomplète et

---

[1] La *Scharuk* est l'oiseau parleur que les Indiens appellent *sarikâ*. Cet oiseau est fort docile, il imite facilement tous les sons et parle avec plus de netteté que le perroquet.

composée sur une version persane[1], sont en général curieux.

On y retrouve le conte de la dame aux cent bagues des *Mille et une Nuits*[2], l'histoire d'une princesse à qui un incident fortuit inspire une aversion mortelle des hommes[3], comme à la princesse Farukhnaz dans les *Mille et un Jours*, et le type du conte si connu de la *Servante justifiée*[4]. Un autre[5] offre beaucoup d'analogie avec une nouvelle des *Facétieuses nuits* de Straparole[6]; enfin deux contes du roman grec de *Syntipas* se retrouvent encore dans le *Touthi nameh*[7].

Un autre recueil de contes en langue tamoule, intitulé *Alakeswara-Katha*, et peut-être traduit du sanscrit, n'est encore connu que par quelques mots que M. Wilson en a dits dans son catalogue de la

[1] *The Tooti Nameh or tales of a parrot in the persian language with an english translation.* London, 1801, in-8°. — Les *Contes d'un perroquet* ont été traduits en français d'après la version anglaise, par Mme Marie d'Heures. (Paris, 1826, in-8°.) M. Trébutien en a aussi publié un extrait.

[2] Voyez les *Trente-cinq contes d'un perroquet*, traduits par Mme Marie d'Heures, p. 38.

[3] *Ibid*, p. 158.

[4] *Contes de La Fontaine.* — *Heptameron* de la reine de Navarre, Ve Journée, Ve Nouvelle. — Les *Trente-cinq contes d'un perroquet*, p. 101.

[5] Traduction de Mme Marie d'Heures, p. 129.

[6] Voyez le second conte de la IIIe Nuit, t. Ier, p. 189 et suiv. de l'édition de 1726, in-12.

[7] Voyez l'*Essai sur les Fables Indiennes.* Paris, Techener 1838, in-8°, p. 103 et 109.

collection de manuscrits indiens recueillis par le colonel Mackenzie [1]. Comme tous les ouvrages précédens, il se compose de contes encadrés dans un récit principal dont le sujet est fort simple. Les quatre ministres du roi d'Alakapour, faussement accusés d'avoir violé le privilége des appartemens intérieurs, prouvent leur innocence et désarment la colère du roi en racontant diverses histoires. M. Wilson en a extrait un conte [2] dans lequel on reconnaît l'original du troisième

[1] *Mackenzie collection*. Calcutta, 1828, 2 vol. in-8°.

[2] Le catalogue de la *Collection Mackenzie* étant fort rare, je reproduis ici ce conte d'après la version de M. Wilson.

Sous le règne d'Alakendra Raja, roi d'Alakapuri, il arriva que quatre personnes honorables voyageaient sur la grande route, lorsqu'elles rencontrèrent un marchand qui avait perdu un chameau. Entrant en conversation avec lui, un des voyageurs demanda si le chameau n'était pas boiteux d'une jambe, un autre s'il n'était pas borgne du côté droit; le troisième demanda s'il n'avait pas la queue plus courte que d'ordinaire, et le quatrième s'il n'était pas sujet à la colique. Ils reçurent une réponse affirmative du marchand, qui fut bien content qu'ils eussent vu l'animal et leur demanda où ils l'avaient rencontré. Ils répondirent qu'ils avaient vu les traces du chameau, mais non le chameau lui-même, ce qui étant en désaccord avec les renseignemens exacts qu'ils paraissaient posséder, le marchand les traita de voleurs, les accusa d'avoir enlevé l'animal et alla demander justice au roi. D'après le récit du marchand le roi fut également porté à penser que les voyageurs devaient savoir ce qu'était devenu le chameau, et les envoyant chercher, il les menaça de toute sa colère s'ils n'avouaient pas la vérité. « Comment pourriez-vous savoir, leur dit-il, si le chameau est boiteux ou borgne, si sa queue est longue ou

chapitre de *Zadig*, intitulé *le Chien et le Cheval*. Voltaire, qui bien entendu n'avait pas connaissance du conte indien, a pris le sien dans les *Soirées Bretonnes* de Gueulette, qui n'avait fait lui-même que reproduire les principaux traits d'un roman italien, que j'ai déjà eu occasion de citer[1], intitulé *Peregrinaggio di tre giovani figlivoli del re di Serendippo*. Le conte indien est encore un de ceux qui ont passé dans les *Mille et une Nuits*[2].

courte, ou s'il est sujet à une maladie, à moins de l'avoir eu en votre possession? » Sur cela, ils expliquèrent l'un après l'autre les raisons qui les avaient amenés à exprimer leur opinion sur ces particularités. Le premier dit : « J'ai remarqué dans les traces de l'animal qu'il en manquait une, et j'en ai conclu qu'il était boiteux. » Le second déclara qu'il avait observé que les feuilles des arbres du côté gauche de la route avaient été arrachées ou déchirées, tandis que celles du côté droit étaient entières, et qu'il en avait conclu que l'animal était borgne du côté droit. Le troisième dit : « J'ai vu des gouttes de sang sur la route, d'où j'ai conjecturé qu'elles avaient coulé des piqûres des mouches, et j'ai supposé que la queue du chameau était trop courte pour lui permettre de chasser les insectes.—J'ai observé dit le quatrième, que, tandis que les pieds de devant du chameau étaient fermement plantés dans la terre, ceux de derrière paraissaient avoir à peine touché le sol, d'où j'ai conclu qu'ils étaient contractés par une douleur du ventre. » Lorsque le roi entendit ces explications, il fut très-frappé de la sagacité des parties, et donnant au marchand une somme d'argent assez forte pour le consoler de de la perte de son chameau, il fit ces quatre personnes, ses principaux ministres. (*Mackenzie collection*, t. I⁰ʳ, p. 220.)

[1] Voyez ci-dessus, p. xxi, *Note* 5.

[2] Voyez dans les *Contes supplémentaires*, celui des *trois fils du sultan d'Yémen.*

Je ne dois pas terminer cet examen des principaux recueils indiens sans parler d'un roman persan écrit dans l'Inde, et intitulé *Behar-Danisch* (ou le jardin de la science). Une préface, composée par Mohammed Saleh, élève et ami de l'auteur, nous apprend que ce roman a été composé en 1650 de notre ère, sous le règne de l'empereur de Dehli Schahgehan, par un écrivain musulman nommé Inayet-Ullah[1]. Quoique ce livre ne soit pas du nombre de ceux qui, originairement écrits en sanscrit, ont ensuite passé dans les langues vulgaires, il n'en doit pas moins être considéré comme puisé en partie à des sources indiennes. L'auteur déclare formellement dans sa préface que les contes renfermés dans l'ouvrage lui ont été communiqués par un jeune brahmane[2]; et quoique cette prétendue communication puisse être considérée comme une fiction, on peut cependant croire qu'il y a quelque chose de vrai dans sa déclaration. Le cadre du *Behar-Danisch*, dont voici une analyse succincte, a plus d'intérêt que celui des recueils précédens.

[1] Voyez le tome Ier, p. XXIII, de la traduction anglaise intitulée *Bahar-Danush, or garden of knowledge : an oriental romance translated from the persic of Einaiut-Oollah, by Jonathan Scott*, Shrewsbury, 1799, in-8º. — Dow en avait donné auparavant une traduction incomplète et fort inexacte, traduite en français, sous le titre de *Contes persans d'Inatulla de Dehli*. Paris, 1769, in-8º. — Le baron Lescallier a publié en français des *Contes extraits du Behar-Danisch*.

[2] *Bahar-Danush*, vol. 1, p. LVI.

Un jeune prince, nommé Gehandar, sultan héritier présomptif du trône de l'Inde, en revenant un jour de la chasse, aperçoit un jardin charmant et y entre pour le parcourir. Il voit auprès d'une fontaine un jeune homme ayant auprès de lui un perroquet, et charmé des discours de cet oiseau qui est doué d'une intelligence supérieure, il l'achète et l'emporte dans son palais. Le prince avait parmi ses femmes une maîtresse favorite qu'il chérissait plus que toutes les autres. Un jour qu'il goûtait avec elle les douceurs d'un tête-à-tête, cette femme, fière de ses attraits, demande au prince s'il imagine dans le monde une beauté supérieure à la sienne. Son orgueil fait rire le perroquet, et la jeune femme, irritée, veut savoir ce qui a provoqué l'hilarité de l'impertinent oiseau. Le perroquet hésite d'abord, puis il lui dit : « J'ai ri de la présomption que vous avez de vous croire la plus belle des créatures. La princesse nommée Bhéravir [1] Banou peut seule se regarder comme sans égale pour la beauté. » Ces paroles humilient la favorite et font grande impression sur le cœur du prince, qui devint aussitôt amoureux de Bhéravir Banou. Par ses ordres, un peintre habile se rend à la cour du roi, père de la princesse, parvient à faire un portrait de cette beauté incomparable et l'apporte à Gehandar. La passion du jeune homme s'en aug-

---

[1] *Bhéravir* est une très-légère altération du mot sanscrit *Bhairavi*, qui veut dire « terrible. » C'est un des noms de la déesse *Dourgâ*, épouse de Siva, dieu de la destruction.

mente à tel point qu'il en tombe malade ; et les méde-
cins, après avoir employé inutilement toutes les res-
sources de leur art, reconnaissent que l'amour seul
est cause de la maladie du prince, et que l'unique
moyen de le guérir est de lui raconter des histoires
propres à mettre en évidence la malice, les défauts et
les vices des femmes. Ces histoires ne font aucune
impression sur l'esprit du prince, qui demeure aussi
malade et aussi amoureux qu'auparavant. Le roi, désespéré, envoie au souverain, père de Bhéravir Banou, une ambassade chargée de demander la princesse
en mariage pour Gehandar, sultan ; mais l'ambassade
n'obtient aucun succès. Alors le prince entreprend
d'aller lui-même tenter l'aventure. Pendant sa route,
il fait halte dans la maison d'un ermite, où un oiseau
de l'espèce appelée scharuk lui raconte quatre histoires. Le prince continue ensuite son voyage et rencontre deux frères se disputant la possession de quatre
objets laissés en héritage par leur père, qui sont un
vieux manteau de faquir, un sachet, une tasse de calender et une paire de babouches. Il apprend que ces
quatre objets, de nulle valeur en apparence, sont cependant très-précieux. Il suffit au propriétaire du
manteau de former des souhaits pour avoir en quan-
tité les plus riches tissus et les plus rares parfums de
toutes les parties du monde. Le maître du sachet y
peut puiser à tout instant des diamans de la plus belle
eau, des pierres précieuses et des perles fines. La
tasse a la vertu de se remplir, au gré du propriétaire,

de toute sorte de boissons et de mets délicieux ; et il suffit d'avoir les babouches à ses pieds pour être transporté en un instant où l'on désire.

Gehandar s'empare de ces objets par un stratagème[1] et souhaite d'être transporté à l'instant dans la ville où réside Bhéravir Banou. Il est amené par des gardes devant le roi et lui déclare son rang et sa qualité ; mais le roi refuse de le croire et le fait chasser du palais. Conservant l'habit de calender qu'il avait adopté, il se retire dans une cellule du jardin de Bhéravir Banou. Pour charmer l'ennui de la solitude, son perroquet lui raconte plusieurs histoires, mais il ne peut réussir à tirer son maître de sa tristesse. Enfin un jour la princesse, en se promenant dans son jardin, aperçoit Gehandar ; elle le reconnaît d'après un portrait que le peintre Benazzir lui avait remis, et devient éperdument amoureuse de lui. Sa passion augmente à tel point qu'elle tombe malade ; et le roi son père est forcé de consentir au mariage des deux amans.

Le bonheur de leur union est troublé un instant par une trahison. Hormouz, fils d'un des vizirs de Gehandar, s'était pris d'amour pour la princesse. Un jour, à la chasse, il propose au prince de lui communiquer le secret de faire passer son âme dans le corps d'un autre être. Gehandar, qui possède aussi la même science, pour en donner la preuve à Hormouz, fait passer son

---

[1] Voyez l'*Histoire de Mazem*, dans *les Contes supplémentai res des Mille et une Nuits.*

âme dans le corps d'une antilope qu'il vient de tuer, et le traître entre aussitôt dans le corps du prince, qui n'a d'autre ressource que de prendre la fuite. Il rencontre sur son chemin le corps d'une scharuk étendue morte. Sous cette nouvelle forme, il est pris par un oiseleur, qui en fait présent à un derviche. Un jour le derviche, en passant dans la ville avec son oiseau, aperçoit un jeune homme que l'on menait au supplice pour avoir baisé un miroir dans lequel s'étaient reflétés les traits de la fille du visir. L'oiseau s'écrie aussitôt : «Qu'on mette le jeune homme au soleil et que l'on donne cent coups de bâton à son ombre [1].» La foule est émerveillée de la justesse de ce jugement ; et le bruit en vient aux oreilles de Bhéravir Banou, qui achète la scharuk au derviche pour une somme considérable. Amené dans le palais, Gehandar raconte son infortune à Bhéravir Banou, qui, de son côté, avait conçu des soupçons et refusé d'admettre le faux prince en sa présence. Enfin, à la faveur d'une ruse, le véritable Gehandar rentre en possession de ses traits[2]?

[1] *Bahar-Danush*, t. IIIᵉ, p. 211.

On trouve dans Plutarque (*Vie de Démétrius*, chap. 31, trad. de Ricard) et dans Clément d'Alexandrie (*Stromat.* Ludg. Bat., 1616, in-fol., p. 379), un conte qui offre de l'analogie avec cet incident et qui a passé dans Rabelais (*Pantagruel*, liv. III, ch. 36) et dans nombre de recueils de nouvelles ou de facéties. (Voyez une note de M. Francisque Michel, dans l'introduction de son édition des *OEuvres de Sterne*. Paris, 1837, gr. in-8°.)

[2] Voyez ci-dessus, p. xxi, l'origine indienne de cet épisode qui se retrouve dans un conte des *Mille et un Jours.*

Le roman se termine par la mort du prince, et Bhéravir Banou, ne voulant pas lui survivre, se jette dans le même bûcher.

Il est à regretter que ce roman soit écrit dans un style amphigourique qui en rend la lecture fatigante, le savant traducteur anglais, M. Jonathan Scott, s'étant cru obligé de conserver religieusement tous ces ornemens de la rhétorique persane, qu'il aurait fallu presque entièrement élaguer. Les contes semés dans ce livre sont en général curieux.

Parmi les histoires racontées au prince Gehandar, afin de le détourner de son amour pour Bhéravir Banou, le sixième conte, celui d'une femme qui, pour aller vivre avec son amant, feint d'être morte et se fait mettre au tombeau [1], roule sur un sujet dont les imitations sont assez nombreuses [2], et qui a fourni à Shakespeare un incident du beau drame de *Roméo et Juliette*. Un épisode de la huitième histoire [3] offre un rapport marqué avec la nouvelle du Decameron [4] dont La Fontaine a tiré son conte du *Poirier enchanté* [5].

Le vol des robes magiques, sur lequel repose le conte

[1] *Bahar-Danush*, vol. I, p. 184 et suiv.

[2] Voyez l'*Histoire d'Atalmulc et de la princesse Zélica* dans es *Mille et un Jours*.

[3] *Bahar-Danush*, vol. II, p. 64.

[4] VIIe Journée, IXe Nouvelle.

[5] Voyez le conte de la *Gageure des trois Commères*.

intitulé *Le fils du marchand et les Péris* [1], a passé mais avec quelque altération dans le lai de Gruélan [2], dans le poëme des *Niebelungs* [3] et dans les contes populaires de l'Allemagne. *L'Histoire de la vertueuse Gohera* [4] se retrouve dans les *Mille et un Jours* [5], ainsi que celle du *Hulla* [6]. Plusieurs autres offrent du rapport avec des contes du recueil des *Mille et une Nuits*, soit que l'auteur persan les ait empruntées au livre arabe, soit qu'il ait puisé aux mêmes sources desquelles dérivent quelques-unes des fictions des *Mille et une Nuits*.

En parcourant cette analyse du *Béhar-Danisch*, on a peut-être été surpris de retrouver dans un roman persan, composé dans l'Inde, un conte de Boccace fort connu, grâce à la charmante imitation de La Fontaine ; mais je puis à cette occasion citer un exemple aussi curieux d'un conte non moins fameux, dont le modèle se reconnaît dans un poëme indien d'une

---

[1] *Bahar-Danush*, vol. II, p. 213. — Voyez aussi l'*Histoire de Mazen* dans les contes supplémentaires des *Mille et une Nuits*, p. 729.

[2] *Fabliaux traduits par Legrand d'Aussy*, t. I, p. 195, édit. de 1829, in-8°.

[3] *Les Niebelungen ou les Bourguignons chez Attila, roi des Huns*, poëme traduit de l'ancien idiome teuton, par M^e Ch. Moreau de la Meltière, Paris, 1837, in-8°, vol. II, p. 129 et 147.

[4] *Bahar-Danush*, vol. III, p. 279.

[5] *Histoire de la belle Arouya*.

[6] *Bahar-Danusch*, vol. III, p. 284. — Voyez l'*Histoire de Couloufe et de Dilara* dans les *Mille et un Jours*.

haute et incontestable antiquité. Je veux parler de la nouvelle de Boccace [1] que La Fontaine a popularisée par l'imitation qu'il en a faite et qu'il a intitulée : *Les Oies du frère Philippe*. Le conteur italien avait emprunté le sujet de sa nouvelle aux *Cento novelle antiche* [2], et le récit de ce dernier recueil dérivait du roman grec de *Josaphat et Barlaam*, attribué à saint Jean Damascène, qui vivait au huitième siècle de notre ère [3]. Le récit de ce roman, tout tronqué qu'il est, offre un rapport évident avec un délicieux épisode du grand poëme indien du *Râmâyana*, intitulé *La séduction de Richyasringa*; et les lecteurs français sont à même de juger de ce rapport par l'élégante traduction que le savant Chézy a donnée de l'épisode indien [4].

L'examen que je viens de terminer a prouvé que le type de plusieurs fictions des *Mille et une Nuits* et autres recueils de contes arabes ou persans se retrouve dans des livres indiens, et il ne peut, ce me semble, y avoir matière à aucun doute sur la question

[1] Introduction de la IVe Journée.

[2] Nov. XIII. Come uno re fece nodrire uno suo figlivolo dieci anni in luogo tenebroso, e poi li mostro tutte le cose e più li piacque le femine. (*Libro di Novelle et di bel parlar gentile.* In Florenza, 1572, p. 17.)

[3] *Histoire de Barlaam et de Josaphat*, traduite par Jean de Billy. Paris, 1574, in-8°, p. 130.

[4] Voyez les notes de la traduction française du drame sanscrit, intitulé *La reconnaissance de Sacoûntala*. Paris, 1832, in-8°, p. 278.

de savoir quel est le peuple qui a imité l'autre. Les Arabes sont naturellement hors de cause, le témoignage d'un de leurs meilleurs historiens ne permettant pas de douter qu'ils n'aient emprunté aux Persans quelques-uns au moins des contes que renferment les *Mille et une Nuits*. C'est donc entre les Persans et les Indiens que la question de priorité reste à débattre, et elle ne me paraît pas offrir d'incertitude. Le goût des Persans pour les fictions indiennes est un fait historique prouvé par le voyage que fit au sixième siècle de notre ère le médecin Barzouyeh par l'ordre du roi Chosroès Nouschirvan, avec la mission de rapporter le fameux recueil des fables de Bidpaï.) On a vu d'ailleurs que le type de la fable, qui fait partie de l'introduction des *Mille et une Nuits*, se retrouve dans un poëme sanscrit très-ancien ; et un des contes persans que Pétis de La Croix a traduits, repose sur une croyance superstitieuse particulière à l'Inde.

Les Indiens ont donc quelques droits à être considérés comme les inventeurs du conte, et les fictions des *Mille et une Nuits*, dont on reconnaît le modèle dans des recueils composés aux Indes, viennent probablement de cette contrée. Il serait absurde toutefois d'en tirer la conséquence que les autres récits du livre arabe ont la même origine, et le savant Schlegel, qui a examiné avant moi cette question, que j'espère avoir éclaircie par des preuves plus nombreuses, n'a point avancé cette assertion. Il faut convenir, en outre, que les Persans et les Arabes se sont approprié

souvent les contes dont l'invention ne leur appartenait pas, par tous les développemens que la richesse
de leur imagination leur a fournis ; et en essayant
d'établir la priorité en faveur des Indiens, j'ai moins
cherché à en faire honneur à ce peuple ingénieux qu'à
jeter quelque jour sur un sujet fort intéressant pour
l'histoire de la littérature orientale.

§ IV. — INTRODUCTION DES CONTES ORIENTAUX EN EUROPE.

Dans le cours de l'analyse que je viens de faire,
j'ai eu de temps à autre l'occasion de signaler quelques rapports entre des contes indiens et des nouvelles ou fabliaux de notre Occident : c'est un sujet qui
mérite qu'on y revienne, et je vais maintenant rechercher par quelles voies des compositions, dont l'origine orientale ne peut pas être révoquée en doute, ont
pu s'introduire en Europe.

Cette recherche, qui offre un grand intérêt, se lie
naturellement à une question fort curieuse et d'une
grande étendue, celle de l'origine des productions romanesques en Europe. Depuis la publication du savant traité de Huet sur l'*Origine des Romans*, dans
lequel le docte évêque a fait preuve d'autant d'érudition que de goût, plusieurs systèmes étayés de preuves ingénieuses, et dont je ne puis donner ici qu'un
simple énoncé, ont été proposés pour l'explication
de cette question littéraire, à la fois si intéressante et si
difficile à résoudre. Mallet, dans son introduction à

l'*Histoire du Danemark*, et le savant Percy, éditeur d'un recueil fort estimé, intitulé *Restes d'anciennes poésies anglaises*, attribuent aux anciens scaldes ou bardes du Nord l'invention des fictions merveilleuses ; M. Leyden la trouve chez les Bretons ; M. Warton, qui n'a fait que reproduire, en la développant, une opinion de Saumaise [1], fait honneur de l'introduction des récits merveilleux aux Sarrasins d'Espagne ; d'autres, enfin, ont trouvé dans les fictions de la mythologie classique, altérées et dénaturées par le mélange des idées et des mœurs du moyen âge, l'origine des productions romanesques [2]. M. Ellis, auteur d'un travail très-recommandable sur les anciens romans anglais en vers, a fait une remarque fort juste : c'est que le défaut capital de ces divers systèmes est d'avoir voulu rapporter tout à une seule et même source, qu'ils sont faux dans leur exagération, mais qu'ils peuvent offrir chacun quelque chose de vrai [3]. La discussion de ces diverses théories exigerait des développemens étrangers à cette notice : il me suffira, pour l'objet que je me propose, d'examiner rapide-

[1] Voyez le traité de Huet sur l'*Origine des Romans*. Paris, 1678, in-12, p. 131.

[2] On trouvera un exposé assez détaillé de ces divers systèmes dans le Ier volume de l'*History of Fiction* de Dunlop (Édimbourg, 1816, p. 157 et suiv.), ainsi que dans l'introduction de la traduction anglaise des *Gesta Romanorum*, par le rev. Ch. Swan.

[3] *Specimens of early english metrical romances*, 2ᵉ édition, Londres, 1811, vol. Ier, p. 37.

ment l'hypothèse de Warton, qui trouve chez les Maures d'Espagne la source des fictions romanesques du moyen âge : ce qui m'amène naturellement a considérer par quelle voie les contes orientaux ont pu pénétrer en Europe.

L'invasion de l'Espagne par les Sarrasins au huitième siècle de notre ère est un des faits les plus importans de l'histoire moderne. Quelques mois suffirent aux sectateurs du prophète pour enlever aux chrétiens la partie la plus considérable et la plus riche de la Péninsule. Les conquérans, une fois maîtres du pays, perdirent peu à peu leur farouche enthousiasme. Pendant que l'Espagne chrétienne était plongée dans l'ignorance, les musulmans de Cordoue cultivaient les sciences et les arts, et offraient le tableau de ces mœurs polies qui ont rendu les Maures d'Espagne si célèbres. Des écoles, où d'habiles savans professaient la médecine, les mathématiques, l'astronomie, l'astrologie et les sciences occultes qui jouissaient d'une si grande faveur au moyen âge, étaient établies dans les principales villes soumises à la domination arabe, et ces écoles étaient le rendez-vous non-seulement de tous les doctes musulmans, mais des chrétiens eux-mêmes. Les monumens historiques et les romans du moyen âge en font foi. Les *grands clercs* et *habiles physiciens* qui figurent dans les romans sont souvent représentés comme ayant étudié à Cordoue, à Séville et à Tolède [1] ; et parmi les savans qui allèrent étu-

[1] Dans le roman de Théséus de Cologne, il est question d'un

dier chez les Arabes les sciences dont ils avaient le privilége, on remarque le célèbre Gerbert, qui fut pape sous le nom de Silvestre II et mourut en 1003. Il était très-versé dans les sciences mathématiques ; aussi ses contemporains n'ont-ils pas manqué d'en faire un magicien. Guillaume de Malmesbury, historien anglais du douzième siècle, qui nous donne dans sa chronique des détails très-curieux sur ce célèbre personnage [1], le représente comme le héros d'un

habile physicien, nommé Druinas de Lintergot, lequel estoit moult grand clerc et avoit estudié à Tollette (Tolède), où il avoit retenu un peu de l'art de négromancie. » (*Mélanges tirés d'une grande bibliothèque*, vol. O, p. 63.)

Dans la vie fabuleuse de Virgile, composée au moyen âge, le poëte de Mantoue est envoyé à Tolède pour étudier les sciences, et c'est dans une caverne des environs de la ville qu'il trouve un démon qui lui donne une *librairie* de nécromancie (Voyez une note des *Mille et une Nuits*, p. 27.)

[1] « Gerbert, dit Malmesbury, alla en Espagne étudier l'astronomie et les autres sciences de ce genre enseignées par les Sarrasins, qui occupent aujourd'hui les parties méridionales de l'Espagne. Ils ont choisi Séville pour métropole, et suivant la coutume de leur pays, ils étudient les arts de la divination et de la magie.—Là Gerbert surpassa bientôt Ptolémée dans l'usage de l'astrolabe, Alchind dans la connaissance de l'astronomie, Julius Firmicus dans celle de l'avenir (*fatality*). Il apprit à interpréter le vol et le langage des oiseaux, et à faire sortir des spectres de l'enfer. Il apprit encore là tout ce que la curiosité des hommes a découvert pour la destruction ou l'avantage du genre humain. Je ne dis rien de son habileté en fait d'arithmétique, de musique et de géométrie, dont il faisait peu de cas pour lui-même, mais qu'il s'est pourtant efforcé d'introduire en France, où elles

événement qui n'est autre chose qu'une légende orientale altérée qu'on retrouve dans les *Mille et une Nuits* [1], et il lui attribue plusieurs constructions magiques plus merveilleuses les unes que les autres.

avaient été depuis longtemps oubliées. Il fut certainement le premier qui emprunta *l'algorithme* aux Sarrasins et qui appliqua à cette science des règles que les plus habiles ne peuvent pas expliquer. » (*De Gestis reg. angl.*, lib. II , cap. 10. — Warton, *Dissertation on the Gesta Romanorum* p. ccxx.)

[1] « Il y avait à Rome, dit Malmesbury, une statue de bronze qui étendait le doigt indicateur de la main droite et qui portait écrit sur le front : *Frappez là...* Gerbert découvrit le mystère, à midi il observa la place de l'ombre du doigt sur le sol et marqua l'endroit. Pendant la nuit il s'y rendit avec un page portant une lampe. Par une opération magique il fit dans la terre une ouverture par laquelle le maître et le valet descendirent et arrivèrent à un vaste palais. Les murailles et les plafonds étaient d'or massif, ainsi que toute la structure. Ils virent des statues d'or , des chevaliers jouant aux échecs, avec un roi et une reine également en or, assis à un banquet, entourés de nombreux serviteurs en or, et de coupes d'une valeur et d'une grandeur immenses. Dans un coin était une escarboucle dont les feux éclairaient tout le palais. En face était une statue avec un arc bandé. Gerbert et son page ayant essayé de toucher à quelque chose, les statues d'or semblèrent vouloir se précipiter sur eux. Gerbert eut la prudence de ne pas faire une seconde tentative ; mais le page fut assez hardi pour prendre sur la table un couteau en or d'un admirable travail. A l'instant toutes les statues se levèrent avec un bruit effroyable ; l'archer décocha sa flèche sur l'escarboucle et tout rentra dans les ténèbres. Le page replaça le couteau, sans quoi il aurait souffert, ainsi que son maître, une mort cruelle. » (Malmesbury l. c. — Warton l. c. — Voyez aussi l'*Histoire de Zobéide* dans les *Mille et une Nuits*, p. 100.)

Une preuve de l'influence des Maures sur la littérature espagnole a été tirée par Warton d'un fragment latin cité par Du Cange [1], et d'où il résulte que les Espagnols, peu de temps après l'invasion des Sarrasins, négligèrent entièrement l'étude du latin, et, séduits par la nouveauté des livres apportés par les conquérans, adoptèrent cette pompe de style particulière à la littérature orientale.

Warton a tiré de ce passage des conclusions beaucoup trop larges lorsqu'il en a conclu que les fictions orientales, si séduisantes par un éclat de descriptions, une variété d'images et une richesse d'invention jusqu'alors étrangères aux froides conceptions des climats de l'Occident, avaient été reçues avec empressement et s'étaient universellement répandues, et que de l'Epagne, au moyen de communications commerciales par les ports de Toulon et de Marseille, ces fictions avaient bientôt passé en France et en Italie [2].

Toutefois le passage cité par Du Cange, restreint à sa véritable portée, n'en est pas moins curieux, et, joint aux faits que j'ai énoncés auparavant, il concourt à prouver l'attrait particulier que les sciences et les lettres cultivées par les musulmans offraient aux chrétiens, malgré la haine que la différence de deux

[1] *Glossarium ad scriptores mediæ et infimæ latinitatis,* vol. Ier, préf. p. xxvi, § 31. — Introduction de la traduction anglaise des *Gesta Romanorum,* par le rev. Charles Swan, p. xix.

[2] Warton, *Dissertation* I. *Of the origin of romantic Fiction in Europe (the history of English poetry,* vol. Ier, p. i et ii.)

religions ennemies devait maintenir entre des peuples guerroyant sans cesse les uns contre les autres : et si l'on avait besoin d'une autre preuve, on la trouverait dans la forme même de certaines poésies. M. Fauriel, dans son travail *sur l'Epopée chevaleresque*, n'hésite pas à regarder comme certain que c'est aux Arabes que nos romanciers ont emprunté les tirades monorimes ; le même savant fait remarquer que la manière dont les vers et la prose sont séparés dans le roman d'*Aucassin et Nicolette* est précisément là même que celle que l'on observe dans les romans arabes populaires, et il ne doute pas que le romancier chrétien n'ait imité les formes de la narration arabe.

Une large part dans l'introduction des fictions orientales en Europe doit encore être attribuée aux pèlerinages à la Terre-Sainte, aux voyages aventureux et surtout aux croisades. Les rapports que ces grandes représailles du christianisme contre la religion de Mahomet établirent entre l'Orient et l'Occident ne durent pas manquer d'introduire en Europe quelques récits romanesques, productions dont la société d'alors n'était pas moins avide que la nôtre. Pendant la durée des guerres saintes, plus d'une trève amena des relations entre les chrétiens et les musulmans. Les chevaliers qui prenaient la croix n'étaient pas tous des fanatiques ayant en haine ou en souverain mépris ce qui pouvait venir des infidèles. Parmi ces chevaliers, il s'en trouvait qui étaient à la fois grands batailleurs, grands pourfendeurs de Sarrasins, et cependant partisans de la gaie science. Quenes de Béthune[1], Ville-Hardouin, Joinville et d'autres que je pourrais citer, n'étaient ni des ignorans ni des fanatiques ; et Richard-Cœur-de-Lion, ce roi troubadour, avait bien certainement su profiter de son pèlerinage guerrier pour recueillir quelques fictions orientales. L'historien Mathieu Paris lui fait, à son retour de la croisade, réciter un apologue tiré du recueil de Bidpaï, recueil dont il n'existait alors aucune version en langue européenne.

D'après cet aperçu des rapports qui ont pu, à diverses époques, s'établir entre les sectateurs de l'Alcoran et les peuples chrétiens au moyen âge, on ne sera pas surpris que des idées et des croyances superstitieuses originaires de l'Orient aient pu pénétrer en Europe ; qu'une partie des moyens merveilleux et des créations fantastiques qui figurent dans les romans de chevalerie, dans ceux de la Table-Ronde, de Charlemagne ou des Amadis, comme les talismans, les opérations magiques, les dragons, les griffons, les géans, aient été considérés comme venant du pays des fictions ; et qu'enfin quelques incidens particuliers de ces romans de chevalerie, comme l'enchantement du vallon des faux amans, dans *Lancelot du Lac* ; le cor enchanté, de *Tristan de Léonoys* ; la montagne d'aimant, qui figure dans l'*Histoire du*

______

[1] Voyez sur ce personnage le **Romancero français** de M. Paulin, Paris.

duc de Bavière, ainsi que dans plusieurs autres romans ; l'épisode du monstre marin pris pour une île, dans l'*Orlando innamorato*, et celui de l'orque, dans le poëme de l'Aristote, puissent être considérés comme des emprunts faits à l'Orient, quoique d'ailleurs les poëmes ou récits romanesques où l'on rencontre ces incidens dérivent de traditions, légendes ou chants populaires nés en Europe. Je vais maintenant entrer dans quelques détails sur les poëmes, les romans et les contes ou fabliaux du moyen âge, dont le sujet offre une analogie encore plus marquée avec des compositions en langue orientale.

Trois fabliaux analysés par Legrand d'Aussy [1], *le Sacristain de Cluny*, *le Prêtre qu'on porte* ou *la longue nuit*, et *le Sacristain*, lesquels ne sont que trois rédactions différentes du même conte, offrent trop de rapport avec l'*Histoire du Bossu*, dans les *Mille et une Nuits*, pour qu'on ne puisse pas avancer que cette dernière histoire a servi de modèle aux autres. Un autre fabliau fort plaisant, intitulé : *De la Dame qui attrapa un prêtre, un prévôt et un forestier* [2], dérive sans aucun doute d'un conte venu de l'Inde et assez répandu en Orient, puisque j'en trouve cinq rédactions différentes [3]. Parmi les contes facé-

[1] *Fabliaux*, t. IV, p. 266, édition de 1829, in-8°.

[2] Legrand d'Aussy, *ibid*, t. IV, p. 246.

[3] Voyez l'*Histoire de la belle Arouya* dans les *Mille et un Jours*, et ci-dessus, p. xx.

tieux, je ne dois pas oublier *le Testament de l'Ane*, par Rutebœuf[1], conte fort comique, qui a passé dans maint recueil, et que Lesage, en dernier lieu, a fini par s'approprier pour le placer dans l'histoire de don Raphaël, du roman de Gil Blas. Le même conte a été cité par d'Herbelot[2] comme se trouvant dans un recueil de facéties écrit en turc, et quoique Lamaï, auteur de ce recueil, ait vécu au quinzième siècle et soit par conséquent postérieur au conteur français, je n'hésite pas à croire le conte emprunté à l'Orient. Rutebœuf, qui vivait sous saint Louis, fait souvent allusion aux croisades dans ses écrits. Sans doute il avait eu plus d'une occasion de s'entretenir avec des croisés ou pèlerins revenus de la Terre-Sainte, et c'est à une communication orale qu'il devait probablement le sujet de son fabliau.

Quelque temps après Rutebœuf, le poëte Adenès composait son roman en vers de *Clamades et Clarmonde*[3], qui, plus tard, fut rédigé en prose et que le comte de Tressan a analysé dans ses *Extraits des romans de chevalerie*. Le spirituel mais peu exact abréviateur avait déjà fait remarquer que le poëme d'Adenès reposait sur la même donnée que l'*Histoire du Cheval enchanté* dans les *Mille et une Nuits*; mais il ne pouvait pas savoir que, dans un passage

[1] Legrand d'Aussy, *ibid*, t. III, p. 105.
[2] *Bibliothèque orientale*, article *cadhi*.
[3] Le roman de *Clamades* fut composé de 1275 à 1283. (*Lettre de M. Paulin Paris à M. Monmerqué*, p. xlviij.)

fort curieux d'un autre poëme du même trouvère, intitulé : *Beuves de Commarchis*, Adenès déclare qu'il a été lui-même en Orient [1].

Le joli roman de *Pierre de Provence et de la belle Maguelonne*, composé au quinzième siècle, offre deux incidens principaux également puisés dans un conte des *Mille et une Nuits*. Le sachet de *Sendal* renfermant les anneaux de la belle Maguelonne est enlevé à Pierre de Provence par un oiseau de proie, de la même manière que le talisman de la princesse Badoure est enlevé au prince Camaralzaman [2]; et cet évènement amène également dans les deux récits la séparation de l'amant et de sa maîtresse. L'expédient imaginé ensuite par Camaralzaman de cacher son trésor dans des barils d'olives [3] se retrouve encore dans l'histoire de Pierre de Provence [4].

Un autre roman du quinzième siècle, celui de *Huon de Bordeaux*, offre, comme le précédent, deux circonstances empruntées à l'Orient selon toute apparence. Le cor donné à Huon de Bordeaux par le roi de féerie Oberon, et dont il lui suffit de sonner pour faire voler à son secours Oberon accompagné d'une

[1] Je suis redevable de cette indication à M. Francisque Michel, qui se propose de publier incessamment le roman de *Beuves de Commarchis*, d'après un manuscrit de l'Arsénal.

[2] CCXXIIIᵉ Nuit, p. 298.

[3] CCXXVIᵉ Nuit, p. 307.

[4] Voyez les *OEuvres de Tressan* t. III, p. 359 et 372, édition de 1822.

armée de génies [1], rappelle le tambour magique du conte de *Mazen* [2], qui jouit de la même vertu. Cette coupe, autre présent d'Oberon, et qui se remplit d'un vin délicieux au gré de celui qui la tient, pourvu qu'il ait la conscience pure, semble encore une fiction orientale; et je trouve dans les *Mille et un Jours* [3] et dans le roman persan intitulé *Behar-Danisch* [4], une coupe douée de propriétés analogues.

Enfin, dans une anecdote assez connue et mise sur le compte du duc de Bourgogne Philippe-le-Bon, on suppose que ce prince, ayant un soir trouvé sur la place de son palais un homme du peuple complètement ivre, eut la fantaisie de le faire transporter dans ses appartemens. Le pauvre diable se réveilla le lendemain, à sa grande surprise, dans un lit magnifique, et reçut toute la journée les honneurs que l'on avait coutume de rendre au duc. Mais le soir, à la suite d'un festin splendide, il retomba dans l'ivresse la plus complète; et ayant été reporté sur la place couvert de ses haillons, le lendemain, à son réveil, il s'imagina que tout ce qu'il avait vu n'était qu'un songe. Cette plaisante anecdote dérive probablement de l'histoire du *Dormeur éveillé* [5].

[1] Voyez l'édition gothique et l'analyse du roman dans les *œuvres de Tressan*, t. IV, p. 144, édition de 1822.

[2] Voyez les *Contes supplémentaires* des *Mille et une Nuits*, p. 743.

[3] Voyez l'*Histoire d'Aboulcassem*.

[4] *Bahar-Danush*, t. II, p. 251.

[5] Voyez les *Mille et une Nuits*, p. 464, *note*.

L'examen des recueils des conteurs italiens offrira encore matière à des rapprochemens curieux. Je reconnais dans une nouvelle de l'ancien livre intitulée *Cento novelle antiche* [1] le sujet du conte des *Trois Aventuriers*, traduit par M. Jonathan Scott, dans sa continuation des *Mille et une Nuits* [2]. Les principales circonstances d'un conte indien, du *Vrihat-Katha* [3], reproduit dans le *Behar-Danisch* [4], et qui a pour sujet l'histoire d'une femme qui, par un heureux stratagème, sauve son mari accusé d'adultère en se mettant à la place de sa complice, qu'elle fait évader de la prison sous ses propres vêtemens, se retrouvent dans la VIIe nouvelle de la IVe partie du recueil de Bandello. La Ve nouvelle de la Xe journée du *Décaméron* rappelle un des plus jolis contes de l'*Histoire de la sultane de Perse et des Visirs*, traduite par Pétis de La Croix [5]. La XXXIIIe nouvelle de Massuccio, dans laquelle une jeune femme imagine

---

[1] *Dun Savio greco, ch' uno re teneva in pregione, come giudico duno destriere.* Cette nouvelle est la troisième dans l'édition de Milan de 1825, et la seconde dans l'édition publiée à Florence en 1572.

[2] Voyez les *Contes supplémentaires*, p. 691.

[3] *Quarterly oriental magazine* de Calcutta, sept. et déc. 1824, p. 107.

[4] *Bahar-Danush*, t. Ier, p. 178.

[5] Voyez le conte du *Mari, de l'amant et du voleur* dans l'*Histoire du sultan Akschid*. Ce conte dérive évidemment du IXe du *Vétâla-Pantchavinsati*. (Voyez ci-dessus p. xx l'analyse de ce recueil indien.)

de se faire passer pour morte et de se faire mettre au tombeau dans le but d'aller retrouver son amant qu'un crime capital a forcé de prendre la fuite, se retrouve avec d'autres détails dans les *Mille et un Jours* [1] et dans le *Behar-Danisch* [2]. Enfin la nouvelle si connue de *Joconde*, dans le *Roland furieux*, offre, avec l'introduction des *Mille et une Nuits*, un rapport qui avait déjà été remarqué, et la date antérieure du recueil arabe ne permet pas de supposer que le conteur musulman ait imité le poëte italien.

Le spirituel auteur des *Piacevoli Notti*, Straparole, qui écrivait dans la première moitié du seizième siècle, est le conteur qui a fait le plus d'emprunts à l'Orient. Je remarque dans ses *Facécieuses nuicts* six contes évidemment puisés à des sources orientales, sans compter ceux dont quelques détails seulement dérivent de cette origine. Trois de ces contes se retrouvent dans les *Mille et une Nuits* : l'*Histoire de Lancelot, roi de Provins* [3], ne diffère presque en rien de celle *des Deux Sœurs jalouses de leur cadette*, laquelle termine la traduction de Galland ; le conte de *maître Lactance, tailleur, et de son apprenti Denys* [4] reproduit les principales circonstances de la lutte de la princesse et du mauvais génie dans l'his-

---

[1] *Histoire de la princesse Zélica.*
[2] *Bahar-Danush*, t. Ier, p. 184.
[3] IVe Nuit, IIIe conte, édition de 1726, in-12, t. Ier, p. 202.
[4] VIIIe Nuit, V[e] conte, t. II, p. 165.

toire du *Second calender* [1]; le conte de *Féderic du Petit-puys, lequel entendoit le langage de tous animaux* [2], offre beaucoup de ressemblance avec la fable que le visir, père de Scheherazade, raconte à sa fille pour la détourner du projet d'épouser le sultan des Indes [3]; l'histoire d'*Hermion Glauce d'Athènes, et de sa femme Philène Centurionne* [4], ne diffère point pour le fond de celle de la *Femme justifiée*, fort agréablement narrée par Cardonne dans ses *Mélanges orientaux* [5]; l'histoire d'*Isotte, femme de Lucafer Albani, de Bergame* [6] dérive probablement de celle de l'*Ecuyer Saddyk*, dans les *Contes turcs*, traduits par Pétis de La Croix. Enfin, l'histoire de *Galiot, roi d'Angleterre, et de son fils né sous la forme d'un porc* [7] a certainement pour type un conte indien du *Pantcha-Tantra*, par l'intermédiaire de quelque version persane ou arabe. Je pourrais joindre à ces nouvelles celle qui repose sur le

---

[1] L⁰ et LI⁰ Nuits, p. 78 et 79.

[2] XII⁰ Nuit, III⁰ conte, t. II, p. 367.

[3] *l'Ane, le bœuf et le laboureur*, p. 9.

[4] IV⁰ Nuit, II⁰ conte, t. 1ᵉʳ, p. 231.

[5] Paris, 1770, in-12, t. Iᵉʳ, p. 39. — Cette histoire renferme un incident qui forme le dénoûment de la nouvelle de Straparole et qui ne se trouve pas dans le conte du *Thouthi-Nameh*, dont j'ai parlé plus haut (voyez ci-dessus, p. xxii). On rencontre encore cet incident dans *l'Histoire de sir Tristrem*, analysée par Walter Scott.

[6] III⁰ Nuit, V⁰ conte, t. Iᵉʳ, p. 249.

[7] II⁰ Nuit, Iᵉʳ conte, t. Iᵉʳ, p. 98.

même sujet que le *Belphégor* [1], mais il est probable que Straparole a emprunté son conte à Machiavel. La nouvelle de ce dernier est tirée du roman turc des *Quarante visirs*.

Les rapprochemens que je viens de faire, et auxquels on pourrait sans doute en ajouter d'autres, constituent des emprunts faits à l'Orient, selon toute apparence, mais pour lesquels on est en général réduit aux conjectures. Peut-être plusieurs des trouvères, romanciers ou *novellieri* dont je viens de parler, devaient-ils le sujet de leurs ingénieux récits à des traductions composées en langue latine par de doctes moines ou par des juifs convertis à la religion chrétienne, et ces traductions, demeurées manuscrites, gisent aujourd'hui ignorées sur les rayons poudreux de quelques bibliothèques, ou même se sont perdues. L'arabe et surtout l'hébreu étaient cultivés au treizième et au quatorzième siècle par plus d'un docte clerc. Nul doute qu'un grand nombre de contes n'aient été traduits de l'arabe en hébreu, et que ces versions hébraïques, traduites elles-mêmes en latin, n'aient pu servir de modèle aux trouvères français et surtout aux conteurs italiens. Plusieurs traductions de ce genre, dont l'histoire est parfaitement connue, permettent de regarder comme probable une assertion que de nouvelles études ne manqueront pas de confirmer [2], et c'est ici

---

[1] IIe Nuit, IVe conte, p. 144.
[2] Un jeune orientaliste très-versé dans la langue hébraï-

le lieu de dire quelques mots de ces traductions, qui ont eu quelque influence sur la littérature du moyen âge.

Le plus ancien, selon toute apparence, des recueils de contes orientaux, traduits en latin, est celui qui a pour auteur Pierre Alphonse, et qui est intitulé *Disciplina clericalis*. L'auteur était un juif, né à Huesca en 1062 dans le royaume d'Aragon, et nommé Rabbi Moïse Sephardi. Il se convertit à la foi chrétienne en 1106, et fut baptisé dans sa ville natale, le jour de la fête de Saint-Pierre, d'où il prit le nom de Pierre, auquel il ajouta celui d'Alfonse; le roi de Castille et de Léon Alfonse VI lui ayant fait l'honneur d'être son parrain. La *Discipline cléricale* [1] du rabbin converti, ainsi intitulée parce qu'*elle rend le clerc bien doctriné*, est un ouvrage entièrement puisé dans des auteurs hébreux et arabes. Il a été traduit en vers français au treizième siècle, sous le titre de *Castoiement d'un père à son fils*, et en outre, un assez grand nombre des trente contes qu'il renferme ont passé dans les recueils des auteurs du moyen âge [2]. Je citerai

que, M. Pichard, s'occupe avec beaucoup de zèle de cette question curieuse.

[1] Le texte latin de la *Disciplina Clericalis* a été publié pour la première fois en 1824 (2 vol. in-12), par la *Société des Bibliophiles*, avec une traduction française en prose, du XVe siècle, intitulée *Discipline de Clergie*. Le second volume renferme la traduction en vers, ayant pour titre *Castoiement d'un père à son fils*. — M. Schmidt a publié en 1827 à Berlin une seconde édition plus correcte du recueil de Pierre Alfonse.

[2] Legrand d'Aussy a donné l'analyse de presque tous les con-

entre autres le second conte [1], qui a fourni à Boccace sa nouvelle si intéressante des *Deux amis* [2] ; le douzième [3], dont le même conteur a tiré une nouvelle [4], qui plus tard a fourni à Molière le sujet de son excellente farce de *George Dandin*.

Près de deux siècles après Pierre Alfonse, c'est-àdire à la fin du treizième, un autre juif converti nommé Jean de Capoue composa, d'après une version hébraïque des fables indiennes de Bidpaï, une traduction latine intitulée *Guide de la vie humaine* ou *Paraboles des anciens sages* [5]. Ce livre, dont l'histoire aussi curieuse que compliquée sera exposée ailleurs [6], fut traduit dans presque toutes les langues de l'Europe, et les auteurs de fabliaux et de nouvelles le mirent à contribution.

Ce fut encore dans le même siècle et très-probable-

---

tes de Pierre Alfonse. (Voyez pour les plus intéressans, le t. II, p. 393 ; le t. III, p. 62, 67, 227, 230, 248, 253, et le t. IV, p. 24, 27, 50, 188, 189, édition de 1829 in-8º.)

[1] La *Discipline de Clergie*, édition des Bibliophiles. Paris, 1824, in-8º, t. Iᵉʳ, p. 17. — *Fabliaux de Legrand d'Aussy*, t. III, p. 230.

[2] *Décaméron*, Xᵉ Journée, VIIIᵉ Nouvelle.

[3] La *Discipline de Clergie*, p. 81. — *Fabliaux*, t. III, p. 146. — Ce conte a passé dans le roman des *Sept Sages de Rome*.

[4] *Décaméron*, VIIᵉ Journée, IVᵉ Nouvelle.

[5] *Directorium humanæ vitæ, alias Parabolæ antiquorum sapientum*.

[6] Voyez le second volume de la collection des CONTES ORIENTAUX, et l'ouvrage intitulé *Essai sur les Fables indiennes, et sur leur introduction en Europe*, Paris, Techener, 1838, in-8º.

ment tout au commencement, qu'un moine de l'abbaye de Haute-Selve dans le diocèse de Nancy, appelé Dam Jehans, composa d'après un roman écrit en hébreu, mais d'origine indienne, et intitulé *Paraboles de Sendabar*, un livre latin auquel il donna le titre d'*Histoire des sept sages de Rome* [1]. Ce livre obtint un succès que l'on peut appeler prodigieux ; il n'est presque aucune des langues de l'Europe qui n'en possède une imitation, et les contes qu'il renferme se retrouvent dans une foule de recueils [2].

Presque tous les contes de la *Discipline cléricale* de Pierre Alfonse se retrouvent dans un recueil plus considérable composé au quatorzième siècle, sous le titre de *Gesta Romanorum*, titre assez singulier, attendu que les faits et gestes des Romains figurent pour fort peu de chose dans l'ouvrage, qui se compose de légendes monacales, de contes dévots et chevaleresques, et de fables orientales [3]. Les copies de ce recueil se répandirent promptement, et on croit avec raison que les conteurs du moyen âge y ont souvent puisé. C'est peut-être par l'intermédiaire des *Gesta Romanorun* que Boccace a connu les contes de Pierre Alfonse, qu'il a mis à profit dans son *Décaméron* ; c'est encore là qu'il a

[1] *Historia septem sapientum Romæ.*

[2] Voyez aussi pour ce livre le second volume des CONTES ORIENTAUX et l'*Essai sur les Fables indiennes*.

[3] Voyez sur cet ouvrage la dissertation insérée par Warton dans le premier volume de son *Histoire de la poésie anglaise*. — Le révérend Charles Swan en a publié une traduction anglaise en 1824.

pris sa nouvelle des deux coffres [1], qui appartient originairement au roman grec de *Josaphat et Barlaam* [2].

Le recueil des *Gesta Romanorum*, outre les fables
orientales puisées dans la *Discipline cléricale* de
Pierre Alfonse, renferme plusieurs contes offrant des
détails fondés sur des fictions dont l'origine orientale est très probable, ces fictions se retrouvant dans
des ouvrages écrits en hébreu, en arabe ou en turc [3].
Je citerai particulièrement le onzième conte qui repose
sur un préjugé très-répandu dans l'Orient [4], le cIII^e [5],
qui rappelle l'*Histoire du roi Sofi et du chirurgien*
dans les *Contes Turcs* traduits par Pétis de La Croix,
et le CXI^e [6] qui offre quelque rapport avec l'*Histoire
de l'écuyer Saddyk* des mêmes *Contes turcs*:

[1] Xe Journée, Ire Nouvelle. — *Dissertation de Warton*,
p. ccxxij. — *Gesta Romanorum*, translated by Charles Swan,
t. II, p. 95.

[2] *Histoire de Barlaam et de Josaphat*, traduite par Jean de
Billy, p. 26 verso.

[3] Voyez la dissertation de Warton déjà citée et la traduction
anglaise des *Gesta Romanorum*, par le révérend Charles Swan.
(Londres, 1824, 2 vol. in-12), t. Ier, p. 282, 342, 373, et t. II,
p. 402, 443, 531.

[4] Voyez la *Dissertation* de Warton, p. clxxxv, la *Traduction
anglaise* de Charles Swan, t. Ier, p. 44, et l'extrait du *Traité
d'histoire naturelle* de Cazwini, traduit par M. Chézy, et inséré
dans le IIIe vol. de la *Chrestomathie arabe* de M. de Sacy,
p. 398 de la IIe édition.

[5] *Gesta Romanorum* translated by Swan, t. II, p. 70.

[6] *Gesta Romanorum*, t. II, p. 117. — Les contes étant divisés
en deux séries, dans la traduction anglaise, celui-ci et le précédent sont le XXIIIe et le XXXIe de la IIe série.

§ V. — MÉRITE DU TRAVAIL DE GALLAND.

Les diverses traductions ou imitations des contes orientaux composées en langue latine, et dont je viens de dire quelques mots, n'avaient pu donner qu'une faible idée des fictions orientales ; il était réservé à un homme à la fois savant et spirituel de les populariser parmi nous.

Galland nous apprend lui-même, dans sa préface des *Mille et une Nuits*, qu'il n'a pas essayé de faire une traduction littérale, mais qu'il a cherché à concilier l'exactitude et le goût. Quelques orientalistes plus sévères, entre autres Richardson dans sa *Grammaire arabe*, ont blâmé le système adopté par l'orientaliste français, mais ils ont été, ce me semble, victorieusement réfutés par M. Caussin de Perceval.

« On a reproché à M. Galland, dit le savant professeur, de s'être donné trop de liberté en traduisant. En lui faisant ce reproche, on n'a peut-être pas fait assez d'attention à la différence du génie des langues et à la nature de l'ouvrage. M. Galland savait très-bien l'arabe, mais il ne croyait pas pour cela que tout ce qui était traduit littéralement de l'arabe pût plaire à des lecteurs français. Il voulait faire un ouvrage agréable dans sa langue maternelle et il y a réussi, mais pour y parvenir il fallait se conformer au goût de la nation. M. Galland a donc été obligé, non-seulement de retrancher, d'adoucir, d'expliquer, mais

même d'ajouter, car les auteurs orientaux, qui tom-
bent souvent dans des répétitions ou qui s'appesantis-
sent sur des détails inutiles, laissent quelquefois à de-
viner bien des choses, et leur narration vive, comme
leur imagination, est souvent trop rapide et même
obscure pour nous. En s'attachant servilement à son
original, M. Galland n'aurait fait probablement qu'un
ouvrage insipide [1]. »

Ce jugement de M. Caussin de Perceval porté en
quelque sorte les pièces en main, puisque le savant
orientaliste a pris la peine de rapprocher de la traduction de Galland un fragment de version littérale, ce
jugement, dis-je, est parfaitement conforme à celui
de M. Jonathan Scott, traducteur d'un supplément
des *Mille et une Nuits* en anglais [2] ; et M. Silvestre de Sacy, dont le témoignage est d'une si grande
autorité, dit qu'il ne craint pas d'avancer que l'ouvrage a beaucoup gagné sous la plume du traducteur
français [3].

Les suppressions que Galland a faites dans le texte
des *Mille et une Nuits* portent principalement sur
les pièces de vers dont ces contes sont semés dans
l'original. Le traducteur français en a retranché le plus
grand nombre, et lorsqu'il les a conservées, il s'est

---

[1] Édition des *Mille et une Nuits* de 1806, in-18. t. VIII,
p. xxvj.

[2] *Arabian nights,* préface, p. xij, et vol. VI, p. 453.

[3] *Mémoires de l'Institut (Académie des Inscriptions),* t. X,
p. 61.

contenté d'en donner la substance [1]; quelquefois même, il les a placées simplement dans le récit comme discours ou comme réflexion [2]. « Ce retranchement il est vrai, dit encore M. Caussin de Perceval, fait perdre à l'ouvrage sa forme primitive et lui ôte l'agrément et la variété qui résultent de ce mélange de prose et de poésie ; mais pour que ces passages, tirés la plupart de différens poëtes arabes et dont plusieurs ont peu de rapport au sujet, pussent conserver tout leur mérite poétique, et produire dans la traduction l'effet qu'ils produisent dans l'original, il faudrait qu'ils fussent traduits en vers. M. Galland ne l'a point essayé et je crois qu'il a fait sagement. » A cette observation parfaitement juste, j'ajouterai que ces morceaux de poésie n'ont pas tous, à beaucoup près, le même degré de mérite, et que souvent ils viennent interrompre le récit d'une manière qui choquerait notre goût. M. de Hammer n'a pas partagé cette opinion pour les contes supplémentaires des *Mille et Nuits* qu'il a traduits ; et ces contes, en général assez ennuyeux, n'ont pas beaucoup gagné à la conservation des pièces de vers dont ils sont semés. Du reste, pour que

[1] Voyez l'*Histoire de Bedreddin Hassan* (CXII^e Nuit), celle de *Noureddin et de la belle Persienne* (p. 352, IIe *colonne*), et celle du *Dormeur éveillé* (p. 441, Ire *col.*).

[2] Dans l'*Histoire de la belle Persienne*, la réflexion que fait Noureddin sur l'inconstance des amis (p. 340, Ire *col.*), est en vers dans l'original ; et M. Humbert l'a reproduite dans son *Anthologie arabe* (p. 23).

le lecteur puisse avoir une idée de ces morceaux de poésie, je citerai les trois suivans dont j'emprunte la traduction à l'*Anthologie arabe* de M. Humbert.

CHANT D'UN PÊCHEUR [1].

« O toi qui t'enfonces dans les ténèbres de la nuit et » t'exposes à la mort, cesse de te morfondre en vain; » la richesse n'est pas le prix du travail.

» Ne vois-tu pas le pêcheur, pour gagner de quoi » vivre, debout sur le rivage des mers, pendant la » la nuit la plus obscure ? Tantôt il plonge dans le » sein des eaux, jouet des vagues; tantôt l'œil atta- » ché sur son filet, il en épie tous les mouvemens, » jusqu'à l'heure où il s'applaudit de ses veilles, par- » ce que l'hameçon fatal a déchiré la bouche du pois- » son.

» Alors il vend sa pêche à celui qui a passé la nuit » dans la maison, à l'abri du froid, au sein du bon- » heur et de l'abondance..... Mais louanges à Dieu en » toutes choses ! Il donne à celui-ci, il ôte à celui-là; » l'un tend paisiblement ses filets, l'autre mange avec » délices la proie du pêcheur. »

ÉLÉGIE [2].

« Je demande de tes nouvelles au soleil chaque » fois qu'il se lève, et à l'éclair chaque fois qu'il brille,

[1] VIIIe Nuit. — *Anthologie arabe*, p. 9.
[2] XCIII^e Nuit. — *Anthologie arabe*, p. 61.

» Je passe les nuits sans dormir ; la passion me plie
» et me froisse entre ses mains ; néanmoins je souf-
» fre sans me plaindre.

» Cruelle amie, si tu t'obstines à m'abandonner, le
» glaive de l'absence me percera de mille coups. Que
» si tu accordes à mes yeux la faveur d'un seul
» regard dans le dénûment où je suis, j'estimerai
» cette faveur plus précieuse que toutes celles dont
» naguère tu me laissais jouir.

» Et ne crois pas qu'une autre amante ait aussi
» part à ma tendresse : le cœur de l'homme n'est
» point assez vaste pour contenir deux attachemens.
» Aie donc pitié d'un amant en proie aux souffrances
» de l'amour, et qui, séparé de toi, sent ses entrail-
» les se déchirer et s'en aller par lambeaux.

» Oui, si le destin accorde à mes yeux la faveur
» de te revoir, je le bénirai, en le priant de nous
» unir pour toujours... Mais, puisse Dieu lui-même
» confondre le délateur qui a causé notre séparation
» et arrêter le pied des méchans qui s'agitent pour
» la prolonger encore ! »

PORTRAIT DE NAHMA[1].

» Elle se balance comme une souple tige du my-
» robonier près de laquelle aurait passé le zéphir,
» elle marche fièrement..... Et qu'elle est ravissante !

[1] LIXe Nuit. — *Anthologie arabe*, p. 65.

» quel éclat ! quelle délicatesse ! Elle rit, et l'on voit
» briller ses dents ; on dirait la lueur d'un éclair au-
» tour d'un astre. Elle détache une boucle de ses che-
» veux noirs, et le matin se change en une nuit pro-
» fonde ; elle découvre son visage, et le monde entier,
» d'Orient en Occident, brille de nouveau de la plus
» éclatante lumière.

» On dit qu'elle ressemble à un souple rameau ; et
» vraiment c'est une erreur grossière : les agrémens
» d'une jeune gazelle ne sauraient même entrer en
» comparaison avec les siens. Ses grands yeux noirs
» font expirer d'amour ; on commence par être leur
» esclave : bientôt ils rendent malades, ôtent la rai-
» son, achèvent leur victime.

» Un penchant irrésistible m'entraîne vers elle, et
» ce penchant me porte, je le sais, à mille extrava-
» gances ; mais faut-il s'étonner que celui-là soit dans
» le délire, qui a la brûlante fièvre de l'amour ? »

§ VI. — CONTINUATEURS DES MILLE ET UNE NUITS.

Le succès de la traduction des *Mille et une Nuits* [1]
par Galland a enfanté de nombreuses continuations ou

---

[1] La vogue des *Mille et une Nuits* se répandit jusqu'en Angleterre, et Weber rapporte à ce sujet l'anecdote suivante :
« Sir James Stewart, lord avocat d'Écosse, ayant trouvé un sa-
medi matin ses filles occupées à la lecture des *Contes arabes*,
leur reprocha d'employer à une lecture aussi futile la veille du

imitations plus ou moins inférieures au modèle. Parmi ces ouvrages, les uns ont été composés d'après des livres en langue orientale, les autres sont le produit de l'imagination des auteurs. La première de ces continuations est celle que le spirituel auteur du *Diable amoureux* composa avec l'aide d'un moine arabe, nommé dom Chavis [1], qui, dans un mauvais langage moitié italien, moitié français, fournit à Cazotte le cadre de la plupart de ses contes, d'après un manuscrit en langue arabe, qui d ailleurs ne fait point partie du recueil des *Mille et une Nuits*. Les autres histoires, comme celle du *Maugrabi* et du *capitaine Tranchemont*, sont entièrement inventées. Plusieurs de ces contes sont amusans et le style se distingue par l'élégance et la facilité ; malheureusement Cazotte, entièrement étranger à l'étude des mœurs et des coutumes des musulmans, n'a nullement cherché à conserver dans ses récits la couleur orientale, ce que Galland a si bien réussi à faire, tout en laissant quelquefois courir sa plume. Cazotte au contraire a tellement amplifié la matière en la surchargeant d'incidens, d'épisodes, de descriptions et de réflexions, que plusieurs des récits originaux sont méconnaissables.

saint jour du dimanche, et s'empara des volumes ; mais y ayant jeté les yeux, il fut tellement séduit par l'attrait de la lecture qu'il y passa toute la nuit, et tenait encore les volumes le dimanche matin. » (Weber, *Tales of the East*, Édimbourg, 1812, in-8º, p. xxij.)

[1] Cette continuation occupe les tomes XXXVII à XL du *Cabinet des Fées*.

L'altération de la rédaction originale est même si marquée que, lorsque la continuation des *Mille et une Nuits* de Chavis et de Cazotte parut, les orientalistes doutèrent généralement de son authenticité, et la considérèrent comme un ouvrage supposé, jusqu'au moment où l'on acquit la preuve du contraire[1]. Aujourd'hui il est facile de savoir jusqu'à quel point Cazotte s'est écarté de l'original ; une traduction nouvelle et plus exacte d'un grand nombre des mêmes contes, faisant partie de la continuation des *Mille et une Nuits*, publiée en 1806 par feu M. Caussin de Perceval, et dans laquelle ce savant professeur a placé d'autres contes tirés d'un manuscrit de sa collection. Le travail de M. Caussin de Perceval fut favorablement accueilli et méritait de l'être. Plusieurs des contes qu'il renferme n'ont cependant de nouveau que la forme. Celui qui est intitulé *Le médecin et le jeune traiteur de Bagdad*[2] ne diffère point pour le fond de l'*Histoire du scheikh Schehabeddin*, dans le ro-

---

[1] *Les Mille et une Nuits*, édition de 1806, t. VIII, p. 79.

[2] « C'était l'opinion du docteur Russel, auteur d'une histoire d'Alep remplie de détails intéressans, lorsqu'ayant rassemblé un certain nombre de contes arabes séparés, du genre des *Mille et une Nuits*, il trouva dans son recueil le fond de presque tous les contes qui forment le premier et le troisième volume de la continuation de Cazotte. M. Scott regardait pareillement cette continuation comme apocryphe avant d'avoir rencontré dans un manuscrit persan la substance de la plupart des contes qu'elle renferme. » (*Préface* de M. Caussin de Perceval, p. xl.)

man turc , ayant pour titre *la Sultane de Perse et les Visirs* , et que Petis de La Croix a traduit ; il offre en outre des incidens qui se retrouvent dans l'*Histoire de la Lampe merveilleuse* et dans celle du *Sage solitaire et de son élève*[1]. Le conte d'*Attaf ou l'Homme généreux*[2] ressemble beaucoup à l'histoire d'*Abderrahman et de Nasireddolé, roi de Moussel*, dans les *Mille et un Jours*, et l'*Histoire d'Alaeddin*[3] offre quelque ressemblance avec celle de *Couloufe et de la belle Dilara* dans les *Mille et un Jours*.

Une autre continuation des *Mille et une Nuits* a été publiée en anglais par M. Jonathan Scott. Dès l'année 1800, ce savant orientaliste avait conçu le projet d'un grand travail sur les *Mille et une Nuits*. Ayant à sa disposition un manuscrit presque complet de l'original arabe, apporté autrefois de l'Orient par Edward Worthley Montague, outre un fragment assez considérable du même recueil[4], M. Jonathan Scott s'était d'abord proposé de donner une traduction entièrement neuve du livre arabe; mais après un examen consciencieux de son manuscrit, comparé avec la version de Galland, il reconnut le mérite du premier travail, et il se contenta de publier une nouvelle édition de la traduction anglaise composée sur

[1] Voyez les *Contes supplémentaires*, p. 690.
[2] Édition de 1806, t. IX, p. 1.
[3] *Ibid*, p. 171,
[4] Voyez plus loin la notice des manuscrits.

celle du savant français [1], en réunissant dans le dernier volume de cette édition tous les contes inédits qui lui parurent mériter d'être publiés parmi ceux que lui offrait son manuscrit, et peut-être n'a-t-il pas été assez sévère dans son choix. Plusieurs des contes de ce sixième volume ne diffèrent point pour le fond de ceux de la continuation de M. Caussin de Perceval, continuation dont l'orientaliste anglais paraît n'avoir pas eu connaissance.

Le supplément aux *Mille et Nuits* publié par M. de Hammer, quoique composé, à ce qu'il me semble, avant ceux dont nous venons de parler, ou tout au moins vers le même temps, n'a paru que postérieurement et a perdu par ce retard son principal mérite, celui de la nouveauté. Pendant un séjour de deux années à Constantinople, M. de Hammer avait traduit en français, d'après un manuscrit des *Mille et une Nuits*, plus complet que celui de Galland, tous les contes qui ne faisaient pas partie de la version de son savant devancier. Cette traduction française de M.

---

[1] *The Arabian Nights entertainments, carefully revised, and occasionnally corrected from the arabic ; to which is added a collection of new tales now first translated from the arabic originals; also an introduction and notes, illustrative of the religion, manners and customs of the Mahummetans,* by Jonathan Scott. — London, 1811, 6 vol. in-8°.

[2] *Contes inédits des Mille et une Nuits, extraits de l'original arabe, par* M. *Joseph de Hammer, traduits en français par* M. *Trébutien.* Paris, 1828, 3 vol. in-8°.

de Hammer fut elle-même traduite en allemand par le professeur Zinserling ; mais l'original s'étant perdu , M. Trébutien jugea à propos de refaire sur la version allemande une traduction française [2]. Ce travail paraît avoir été fait avec soin et conscience, mais il est pénible de dire qu'il ne méritait guère la peine qu'il a coûtée au traducteur français. Plusieurs contes du recueil de M. de Hammer, comme par exemple, celui d'*Ins-Olwoudjoud et de Wird-fil-Ekmam* [1], et celui de *Hassan de Basra* [2] se trouvaient déjà dans le sixième volume de l'édition de M. Jonathan Scott [3] ; d'autres contes ne diffèrent point pour le fond de quelques-uns déjà connus et faisant partie des *Mille et une Nuits* et des *Mille et un Jours*. Les autres peuvent renfermer des détails curieux , mais ils ont généralement paru ennuyeux, et les nombreuses anecdotes que renferme le troisième volume offrent peu d'intérêt, sauf quelques-unes. Parmi ces dernières, je citerai celle qui est intitulée *Accord entre Mesrour et le fils de Farabi* [4] , et qui roule sur un sujet assez plaisant depuis longtemps connu en Europe. Mesrour, chef des eunuques d'Haroun-Alraschid, amène au calife un bouffon appelé le fils de Farabi , et dont les discours joyeux doivent dissiper la sombre mélancolie qui obsède le commandeur des croyans ; mais il exige secrètement de cet homme les trois quarts de la ré-

---

[1] Tome 1er, p. 45.
[2] Tome II, p. 182.
[3] Voyez les *Contes supplémentaires*, p. 724 et 729.
[4] Tome III, p. 367.

compense qui lui sera donnée. Le bouffon est présenté au calife qui lui promet de l'or s'il réussit à le faire rire, sinon la bastonnade. Il s'épuise en saillies plaisantes, mais sans pouvoir parvenir à dérider le front d'Haroun qui, prenant un bâton, en joue de toutes ses forces sur le dos du fils de Farabi. Le bouffon se rappelant sa convention avec Mesrour, prie le calife de réserver à l'eunuque sa part de coups de bâton. Le calife, éclatant de rire, permet au fils de Farabi de s'indemniser sur Mesrour et leur fait ensuite donner mille dinars [1].

Les *Contes orientaux*, publiés par le comte de Caylus [2], sont annoncés par l'auteur comme tirés des manuscrits de la bibliothèque du roi, et sont extraits en effet des traductions composées par les *jeunes de langue* et déposées au cabinet des manuscrits. Ils sont aujourd'hui à peu près tombés dans l'oubli, et quelques-uns néanmoins méritent d'en sortir. Un de nos plus spirituels écrivains y a puisé le sujet d'un opéra comique [3].

Nous parlerons ailleurs des *Mille et un Jours* traduits par Pétis de La Croix et par Lesage ; c'est le meilleur ouvrage auquel le travail de Galland ait donné naissance.

---

[1] Le fond de ce conte se retrouve dans les nouvelles de Sacchetti, et dans les *Facécieuses Nuicts* de Straparole (t. II, p. 90, édit. de 1726, in-12.)

[2] La Haye, 1743, 3 vol. in-12.

[3] Le *Cheval de bronze* de M. Scribe est tiré du conte de *la Corbeille*.

Les *Contes du Scheikh El Mohdy*, traduits de l'arabe par M. Marcel [1], ferment la liste des ouvrages orientaux analogues aux *Mille et une Nuits* et ne les valent pas à beaucoup près. Ce livre ne se recommande guère que par des notes curieuses du savant traducteur.

§ VII. — CONTES FAITS A L'IMITATION DES MILLE ET UNE NUITS.

Tous les ouvrages dont je viens de parler ont été composés sur des manuscrits orientaux, dont le texte est reproduit en français avec plus ou moins de fidélité, selon que les auteurs se sont donné plus ou moins de liberté. Il me reste à dire quelques mots de plusieurs recueils faits à l'imitation de celui de Galland. Les principaux sont : les *Mille et un quart d'heures*, contes tartares [2]; les *Aventures merveilleuses du mandarin Fum-Hoam*, contes chinois [3]; les *Sultanes de Guzarate ou les songes des hommes éveillés*, contes mogols [4]. Tous ces contes, qui bien entendu ne sont ni tartares, ni chinois, ni mogols, ont pour auteur Gueulette, écrivain spiri-

[1] Paris, 1832, 3 vol, in-8º.
[2] Paris, 1723. 3 vol. in-12.
[3] Paris, 1723, 2 vol. in-12.
[4] Paris, 1732, 3 vol. in-12.
Ces trois ouvrages ont été réimprimés dans les tomes XIX, XXI, XXII et XXIII du *Cabinet des Fées*.

tuel et fécond, qui a composé ses récits de traits pris dans la bibliothèque orientale de d'Herbelot, dans les relations des principaux voyageurs en Asie, dans les *Lettres édifiantes*, et a de plus largement puisé dans les *Facécieuses nuicts du seigneur Straparole*, et dans d'autres recueils de nouvelles et de facéties [1].

[1] *L'Histoire de Sinadab* des *Contes tartares* (*Cabinet des Fées*, t. XXI, p. 59), est tirée de la première Nouvelle de la première Nuit de Straparole (édition de 1726, in-12, t. Ier, p. 11). — *L'Histoire des Trois Bossus de Damas* est empruntée à la troisième Nouvelle de la cinquième Nuit du même conteur italien (t. Ier, p. 380). — *L'Histoire du Chien de Sahed et du cadi de Candahar* (*Cabinet des Fées*, p. 173), offre le conte si connu du *Testament du Chien*. — *L'Histoire du Centaure bleu* (*Cabinet des Fées*, p. 285), est tirée de la première Nouvelle de la quatrième Nuit de Straparole (t. 1er, p. 263.) — *L'Histoire de Feridoun, fils de Giamschid* (*Cabinet des Fées*, p. 379), est une légende tirée de l'Histoire de Perse. — *L'Histoire de Faruk* (*Cabinet des Fées*, t. XXII, p. 56) se retrouve dans les *Gesta Romanorum* (voyez la page cxcvii de la dissertation de Warton et le tome Ier, ch. xlv de la traduction anglaise du révérend Charles Swan), et dans les *Fabliaux de Legrand d'Aussy* (t. IIe, p. 429); mais Gueulette l'avait prise probablement dans les *Fantaisies de mère Sotte* (par Pierre Gringore. Paris, 1516, in-4º gothique, 5e feuillet de la feuille N.). — Les *Aventures du vieux Calender* (*Cabinet des Fées*, t. XXII, p. 73), sont fondées sur la même donnée que le *Chevalier à la trappe* (*Fabliaux de Legrand d'Aussy*, t. IIIe, p. 156), et Gueulette en a vraisemblablement pris l'idée dans l'*Histoire du prince Erastus*. — Les *Aventures du jeune Calender* offrent une reproduction de la seconde Nouvelle de la troisième Nuit de Straparole (t. Ier, p. 47). — Enfin l'*Histoire de Taher, d'Alcouz et du Meunier* (*Cabinet des Fées*, t. XXII, p.5), n'est autre chose, comme l'a remarqué M. Dunlop (*History of Fiction*,

Il faut ranger dans la même classe que les romans de Gueulette, les *Aventures d'Abdallah, fils d'Hanif*[1], ouvrage soi-disant traduit de l'arabe, d'après un manuscrit envoyé de Batavia par un M. Sandisson, mais dont le véritable auteur est l'abbé Bignon. Je ne mentionne ici ce livre, aujourd'hui à peu près oublié, que parce qu'on y trouve l'histoire assez plaisante du *Prince Tangut et de la princesse au pied de nez*[2], que Laharpe a mise en vers d'une manière fort spirituelle[3]. Du reste, l'abbé Bignon n'avait point le mérite de l'invention ; il avait pris l'idée de son conte dans le vieux roman de *Fortunatus*[4].

Le spirituel auteur de *Fleur d'épine* et des *Quatre Facardins* occupe un rang à part parmi les imitateurs des *Mille et une Nuits*. On a dit qu'Hamilton, en composant ses contes, avait eu l'intention de tour-

vol. IIIe, p. 375), que la cinquième Nouvelle du *Printemps* de Jacques Yver.

Les *Contes chinois* et les *Contes mogols* pourraient également donner lieu à quelques observations du même genre. Je me contenterai de faire remarquer qu'une partie de l'*Histoire d'Abderaïm (Cabinet des Fées*, t. XXIII, p. 400), est tirée de la quatrième Nouvelle de la troisième Nuit de Straparole (t. Ier, p. 231).

[1] Paris, 1713, 2 vol. in-12.

[2] Tome Ier, p. 231.

[3] *Tangu et Félime.*

[4] Voyez les *Riches entretiens des adventures de Fortunatus nouvellement traduits d'espagnol en françois.* Paris, 1637, in-12, a. 232 et suiv.

ner en ridicule le recueil arabe dont la traduction venait d'être publiée et qui avait un succès de vogue ; c'est en effet assez probable. L'esprit vif et frondeur d'Hamilton avait été choqué de l'invraisemblance de l'histoire qui sert d'encadrement aux *Mille et une Nuits* ; le projet sanguinaire du sultan, suspendu au milieu de son exécution par les récits d'une belle conteuse, lui avait paru une chose souverainement ridicule ; l'éternelle redite de Dinarzade, *ma chère sœur si vous ne dormez pas*, n'avait pas sans doute trouvé grâce devant lui, et l'engouement de la cour pour les contes arabes l'avait porté à l'exagération contraire. Aussi Hamilton ne perd-il jamais une occasion de lancer quelque trait piquant contre les *Mille et une Nuits*, et il a même énoncé formellement son opinion, dont il n'est pas nécessaire de relever l'injustice, dans l'introduction en vers des *Quatre Facardins*. Voici le passage en question.

. . . .
Ensuite vinrent de *Syrie*,
Volumes de contes sans fin,
Où l'on avait mis à dessein
L'orientale allégorie,
Les énigmes et le génie
Du Talmudiste et du Rabbin
Et ce bon goût de leur patrie,
Qui, loin de se perdre en chemin,
Parut, sortant de chez Barbin,
Plus arabe qu'en Arabie.

> Mais enfin, grâces au bon sens,
> Cette inondation subite
> De califes et de sultans
> Qui formaient leur nombreuse suite,
> Désormais en tous lieux proscrite,
> N'endort que les petits enfans [1].

Le joli conte de *Fleur d'épine* est donné par Hamilton comme le dernier des *Mille et une Nuits*, et ce n'est plus la sultane, mais sa sœur Dinarzade qui le récite au sultan pour obtenir la grâce de Scheherazade. Hamilton, en commençant, ne manque pas de s'égayer aux dépens du sultan des Indes et de sa passion pour les contes. « Vous avez beau rire, ma sœur, fait-il dire à Dinarzade, il faut que vous soyez la plus sotte bête de l'univers, sauf le respect de votre rang, de votre érudition et de votre belle mémoire, pour vous être avisée de rechercher en mariage un animal d'empereur qui, depuis deux ans que vous lui contez des fables, ne s'est avisé d'autre chose que de les écouter ; et des fables qui ne seraient rien sans la manière vive et légère dont vous les contez. Cependant, je vous vois à la fin de votre recueil et par conséquent bientôt à la fin de vos jours. L'histoire que vous venez de lui conter est si misérable qu'il n'a fait que de bâiller et moi aussi pendant ce long récit [2]. »

[1] *Contes d'Antoine Hamilton.* Paris, 1820, in-18, édition de Renouard, t. IIe, p. 3.

[2] *Contes d'Hamilton*, t. Ier, p. 148.

L'histoire des *Quatre Facardins* qu'Hamilton a laissée inachevée, mais dont M. de Lévis a composé une continuation fort spirituelle, est racontée par le prince de Trébizonde, amant de Dinarzade; et Hamilton, malgré sa mauvaise humeur contre les *Mille et une Nuits*, n'a pas dédaigné d'emprunter à l'introduction du recueil arabe l'incident de la dame au coffre de verre et aux cent bagues. Il en a fait l'épisode de Cristalline, qui offre des détails assez plaisans [1].

§ VIII. — MANUSCRITS DES MILLE ET UNE NUITS.

Il existe en Europe plusieurs manuscrits du texte arabe des *Mille et une Nuits*, mais ces manuscrits offrent entre eux des différences considérables. Sans entrer dans l'examen de ces divers exemplaires des *Contes arabes*, ce qui exigerait de trop longs détails [2], je crois utile de dire quelques mots de ceux qui ont servi aux travaux de Galland, ainsi que de MM. Jonathan Scott, Caussin de Perceval et de Hammer.

La bibliothèque du roi possède, dans son ancien fonds arabe, deux manuscrits des *Mille et une Nuits*, tous deux fort incomplets. Le premier, qui se com-

---

[1] Voyez les *Contes d'Hamilton*, t. IIe, p. 102 et suiv.

[2] Voyez à ce sujet une *Notice sur les douze manuscrits connus des Mille et une Nuits qui existent en Europe*, par M. de Hammer. (*Contes inédits des Mille et une Nuits*, traduits par M. Trébutien, t. Ier, p. xxxiij et suiv.)

pose de trois volumes petit in-4°, est celui sur lequel
Galland a fait sa traduction et ne contient que deux
cent quatre-vingt-deux nuits. La traduction de Gal-
lant suit le texte arabe pour l'ordre des nuits jusqu'à
la soixante-neuvième où commence , dans l'original,
l'histoire des *Trois Pommes*, qni ne se trouve qu'à
la quatre-vingt-dixième nuit dans la traduction française. Cette différence est due à ce que Galland a in-
tercalé dans cet endroit les *Voyages de Sindbad* qui
ne faisaient point partie de son exemplaire , et qu'il
avait traduits précédemment. A partir de l'*Histoire
des Trois Pommes*, Galland a suivi exactement son
manuscrit jusqu'à l'*Histoire de Camaralzaman*,
dont le troisième volume du texte arabe comprend
une partie. Le traducteur français avait entre les
mains un quatrième volume qui s'est perdu, et qui
contenait, à ce que l'on suppose, la suite de l'*Histoire
de Camaralzaman* et quelques-uns des contes suivans.

Parmi ceux qui viennent après cette dernière histoire, il n'en est que deux que l'on retrouve dans les
manuscrits connus des *Mille et une Nuits* , savoir :
l'*Histoire de Ganem* et celle du *Cheval enchanté*.
Galland parait avoir tiré les autres de recueils arabes,
persans ou turcs de la bibliothèque du roi.

Le manuscrit de Galland[1] n'est pas seulement recom-

<hr>

[1] La bibliothèque du roi possède encore dans l'ancien fonds
arabe, sous le N° 1491 de l'appendice, un manuscrit des *Mille
et une Nuits* qui n'a pas été connu de Galland. Il contient

mandable comme ayant appartenu à ce savant et spirituel orientaliste, il a en outre le mérite d'être assez ancien. Une note, jointe au dernier des trois volumes qui composent cet exemplaire, prouve qu'il a été écrit avant l'année 955 de l'hégire (1548 de notre ère.). M. Caussin de Perceval, qui a le premier signalé cette note, avait cru que les vœux qu'elle renferme étaient formés en faveur du rédacteur des contes, et il en avait conclu que la rédaction des *Mille et une Nuits* était peu antérieure à l'époque indiquée [1] ; mais M. Silvestre de Sacy, qui a vérifié le fait, a reconnu que ce n'est pas à l'auteur de l'ouvrage, mais au propriétaire du livre que le copiste souhaite une longue vie [2].

Le manuscrit sur lequel M. Jonathan Scott a traduit ses *Contes supplémentaires* des *Mille et une Nuits* avait été apporté de l'Orient par Edward Worthley Montague, et il fait maintement partie de la Bibliothèque bodléïenne. D'après la notice que ce savant orientaliste anglais en a donnée dans le deuxième volume des *Oriental collections* d'Ouseley, et

869 nuits et une partie de la 870e ; mais même jusque-là, il s'en faut de beaucoup qu'il soit complet. — Voyez sur ce manuscrit le *Journal asiatique* d'octobre 1827, p. 221. — La bibliothèque a acquis récemment plusieurs manuscrits des *Mille et une Nuits* qui font partie de la *Collection Asselin*; ils ont été achetés en Egypte.

[1] Voyez la préface du huitième volume des *Mille et une Nuits*, édition de 1806, in-18.

[2] *Mémoires de l'Académie des Inscriptions*, IIe série, t. X, p. 50.

qu'il a reproduite dans le sixième volume de son édition des *Contes arabes* en anglais [1], ce manuscrit est complet et renferme mille et une nuits, sauf une lacune de cent quarante entre la 166e et la 306e. M. Jonathan Scott a donné en outre, d'après un fragment des *Mille et une Nuits* qui lui avait été apporté du Bengale par son ami M. Anderson [2], la traduction de deux contes intitulés, l'un *le Laboureur et le char magique*, l'autre, *Histoire du roi, de sa favorite, de son fils et des sept visirs* [3]. Le second de ces contes n'est autre chose qu'une rédaction arabe du *roman de Sendabad*, roman plus ancien que les *Mille et une Nuits* et qui, selon toute apparence, n'y a été inséré que plus tard. On le trouve aussi dans trois manuscrits égyptiens dont je vais parler, mais il ne fait pas partie de l'exemplaire de sir Edward Worthley Montague. Cet exemplaire renferme, il est vrai, une lacune de cent quarante nuits.

Les trois manuscrits venus d'Égypte offrent à peu près la même rédaction, ce qui donne lieu de présu-

---

[1] *The Arabian Nights entertainments*, London, 1811, 6 vol. in-8º. — On a annoncé en Angleterre une nouvelle traduction des *Mille et une Nuits*, par M. Lane, savant orientaliste qui a fait un long séjour en Egypte.

[2] Ces deux contes ont paru dans l'ouvrage intitulé : *Tales, Anecdotes and Letters, translated from the Arabic and Persian*. Shrewsbury, 1800, 1 vol. in-8º.

[3] Voyez la *Notice sur l'histoire de la Sultane et des visirs*, traduite par Pétis de La Croix.

mer., comme l'a observé avec raison M. Caussin de Perceval, que l'édition des *Mille et une Nuits* qu'ils renferment est aujourd'hui la plus commune, peut-être même la seule que l'on trouve dans ce pays. Cette rédaction diffère sensiblement de celle du manuscrit apporté par Edward Worthley Montague ; et comme la différence ne commmence que vers le quart de de l'ouvrage après l'*Histoire de Camaralzaman*, M. Caussin pense, avec M. Jonathan Scott [1], que l'auteur ou compilateur arabe des *Mille et une Nuits* n'a pas été plus loin que cette histoire, et que son ouvrage a été ensuite continué et achevé par diffé-rentes mains, et avec différens matériaux. L'infé-riorité du plus grand nombre des derniers contes, comparés aux premiers, donne quelque vraisemblance à cette opinion. En effet, les histoires qui composent les dernières parties des *Mille et une Nuits* dans les manuscrits arabes sont entremêlées d'anecdotes, d'his-toriettes, de fables qui ne ressemblent point au reste du recueil, et ont l'air de pièces de remplissage. Parmi les histoires les plus étendues, plusieurs paraissent avoir formé autrefois des ouvrages distincts ; telle est l'histoire des *Voyages de Sindbad*, divisée originai-rement en sept chapitres, renfermant chacun le récit d'un voyage ; telle est encore l'histoire des *Sept visirs*, publiée par M. Jonathan Scott d'après un ma-

[1] *Oriental collections*, 1798, in-4°, vol. IIe, p. 26.

nuscrit apporté du Bengale, et qui se retrouve dans les trois manuscrits d'Egypte [1].

L'un de ces trois exemplaires appartenait à M. Caussin de Perceval, qui en a tiré quelques contes insérés dans sa continuation des *Mille et une Nuits* : le second faisait partie de la collection de M. d'Italinski, et le troisième, le plus beau et le plus complet, est entre les mains de M. de Hammer. Il consiste en 4 vol. in-4°, dont le premier renferme quarante-deux, et les trois autres trente cahiers de chacun dix feuillets, ce qui fait en tout 2,640 pages [2]. Ce manuscrit donne le véritable dénoûment des *Mille et une Nuits*, que Galland avait été forcé d'imaginer, n'ayant sous les yeux qu'une copie incomplète. Dans ce dénoûment, ce n'est ni à ses vertus ni à ses aimables qualités que Scheherazade doit sa grâce et l'abrogation de l'injuste loi du sultan ; il ne consent à la laisser vivre que parce que, dans le cours des trois années que les récits de la sultane ont duré, son royal époux l'a rendue mère de trois enfans.

Cet exposé des principaux manuscrits des *Mille et une Nuits* démontre suffisamment que les compilateurs et peut-être même les copistes de ce recueil

[1] Préface de M. Caussin de Perceval, p. xiv, xv et xvi. — Le manuscrit d'après lequel M. Habicht publie l'édition des *Mille et une Nuits* dont je parlerai plus bas, a été copié en Egypte, et offre probablement la même rédaction que les trois autres manuscrits égyptiens.

[2] Voyez la Notice de M. de Hammer dans les *Contes inédits des Mille et une Nuits*, t. Ier, p. xxxviij.

l'ont à leur gré modifié en y intercalant des contes, des fables et des anecdotes qui n'en faisaient point partie dans l'origine. « Ainsi les *Mille et une Nuits,* dit M. de Hammer en terminant sa notice, sont donc un mélange de contes persans, indiens et arabes, composés dans différens siècles et de caractères différens, que les amateurs de ces sortes de lectures ont entremêlés les uns avec les autres selon leur goût. Le cadre en demeure toujours le même, mais les *Nuits* doivent s'accroître à mesure que la toile du tableau s'étend; et comme les habitans actuels de l'Égypte surpassent encore tous les peuples orientaux par leur goût passionné pour les contes, les *Mille et une Nuits* doivent se multiplier encore plus dans cette contrée que dans les Indes et la Perse et les autres pays habités par les Arabes [1]. »

[1] Une édition du texte original des *Mille et une Nuits* a été commencée à Calcutta, en 1814, dans le format in-8°, mais il n'en a paru que les deux premiers volumes sous le titre suivant : *The Arabian Nights entertainments, in the original Arabic. Published under the patronage of the college of Fort William, by shuck Uhmud bin Moohammed Shirvanee Ool Yumunee.* Ces deux volumes renferment les 200 premières nuits.

Une autre édition du même ouvrage a été entreprise en 1825 par M. Habicht, qui a pris pour base de son travail un manuscrit apporté de Tunis, et écrit en Egypte dans l'année 1731 de notre ère. Cette seconde édition, publiée dans le format in-12, et dont il a paru 7 volumes qui vont jusqu'à la 606e nuit inclusivement, porte le titre suivant : *Tausend und eine nacht arabisch nach einer handschrift aus Tunis herausgegeben von* Dr Maximilien Habicht. Breslau, 1825-1837. — Voyez sur cette édition l'ouvrage intitulé *de Glossis Habichtianis in quatuor priores tomos* MI, *noctium Dissertatio critica.* Scripsit Henricus Orthobius Fleischer. Leipsiæ, 1836, in-8°.

On a annoncé le projet de publier à Calcutta une troisième édition du texte original des *Mille et une Nuits.* (Voyez le *Journal asiatique* de mai 1837, p. 479.)

A. LOISELEUR-DESLONGCHAMPS.